重讀經典

從寓言學習 說故事的力量

陳沛淇——著

目錄

人與命運篇

品德篇

人生百態篇

愛情篇

權力與政治篇

人與命運篇

防患於未然的藝術——觀病記

❖穿梭時空聽故事——

扁鵲是春秋戰國時代聞名遐邇的神醫。有一回，扁鵲路經蔡國，晉見蔡桓公。他在桓公面前站了一會兒，他說：「您的身體有些不調，我勸您應該要馬上醫治了。」

桓公不以為意，哈哈一笑說：「我才沒病呢。」

等扁鵲離開後，桓公對左右服侍的人說：「你們看，醫生就是喜歡把沒病的人說成有病，這樣才能顯得他很有本事！」

十天後，扁鵲又晉見了桓公。這次他看了看說：「您的病已深入到皮膚表面之下，不醫治的話會惡化的。」桓公聽了更不高興了，依舊把神醫的話當耳邊風。

又是十天之後，扁鵲再次晉見桓公，他憂慮的說：「您的病氣已經走到了腸胃，再不醫治的話，後果堪慮呢！」但此時桓公仍然不理不睬。

不知不覺，日子又過了十天。這次扁鵲遠遠看到桓公，馬上轉身就走。桓公遣人去問扁鵲，他這是什麼意思？

扁鵲回答來人說：「身體表面的調節失衡，只要湯藥就可以治好了；當疾病深入到體膚之下，其實用針灸也能治好：即使疾病深入到腸胃，用治腸胃的湯藥也能發揮作用。但現在病氣已經走到了骨髓，此時只能求神保佑了，身為醫生，我莫可奈何啊，所以才不發一語，轉身離開。」

五天後，桓公全身疼痛，不得不趕忙派人去找扁鵲。但這時扁鵲早已啟程到秦國了。而沒多久，桓公便因病重而不治。

悅讀寓言

《傷寒雜病論》的作者張仲景，曾對扁鵲「察言觀色」就能斷病的功夫十分讚嘆。重病在發作之前，總有段醞釀期，病徵會慢慢顯現；然而病徵，愈是初期愈是和一般小恙無異。扁鵲能看到小徵兆後，便推算到一個月後的發展，真是十分了得！

扁鵲診病能防患未然；但他本人倒是很謙虛，覺得自己醫術還不到家。據說，扁鵲家裡有三兄弟，都是醫生，但只有扁鵲一人名滿天下。有一回，魏文王問起這件事，扁鵲便說：「三兄弟裡，大哥醫術最精，二哥次之，我是最差的那一個。」

魏文王好奇的問了原因，他便解釋說：「大哥看病，都是在病發作之前就下藥根治，病人不覺得自己有病，自然也就以為醫生只是調養而已。二哥看病，是在病有點徵兆時就下藥根治，病人不覺得自己有什麼大毛病，自然以為醫生只是治了小病而已。我看病都是在病人最痛苦、他的家人最焦急的時後。他們看到我下針、放血、敷藥，如此無所不用其極地治好了重病，便心生讚賞。所以三兄弟裡只有我一人成名。」魏文王聽了恍然若有所悟。

能洞燭先機，採取防治措施者，功勞常常被眾人忽略；人們只看得到在事情的緊要關頭，出面力挽狂瀾的人，並奉為英雄。真要比較的話，前者做的事情簡易又節省社會成本，這才是真正的賢士。

相對於未雨綢繆的醫者，人不免會諱疾忌醫，最後而導致更嚴重的後果，但此時也只能得到一句何必當初了。

原文重現

扁鵲見蔡桓公，立有間，扁鵲曰：「君有疾在腠理[1]，不治將恐深。」桓侯曰：「寡人無。」扁鵲出，桓侯曰：「醫之好治不病以為功。」居十日，扁鵲復見曰：「君之病在肌膚，不治將益深。」桓侯不應。扁鵲出，桓侯又不悅。居十日，扁鵲復見曰：「君之病在腸胃，不治將益深。」桓侯又不應。扁鵲出，桓侯又不悅。居十日，扁鵲望桓侯而還走。桓侯故使人問之，扁鵲曰：「疾在腠理，湯熨之所及也；在肌膚，鍼石[2]之所及也；在腸胃，火齊[3]之所及也；在骨髓，司命[4]之所屬，無奈何也。今在骨髓，臣是以無請也。」居五日，桓公體痛，使人索扁鵲，已逃秦矣，桓侯遂死。

——《韓非子‧喻老》

字義註釋

1. 腠理：腠，ㄘㄡˋ。腠理指體表的肌膚與肌肉的紋理、細縫。古代醫書認為腠理開闔失調節，是許多疾病的成因。
2. 鍼石：指針灸療法。
3. 火齊：齊，同「劑」。火齊指可降火氣、治胃腸病的湯藥。
4. 司命：古代神話中掌管生死、壽命的神。

有志者事竟成——愚公移山的啟示

✿穿梭時空聽故事

很久以前，在冀州南邊，河陽北邊，有太形和王屋兩座大山。大山北面住了位老先生——愚公，他年紀約九十來歲。因為大山擋住了南北通道，大家通行時都迂迴繞路，愚公感到十分苦惱，便把族人召集起來，對他們說：「大家同心協力剷平大山，讓道路直通豫南和漢水吧！」族人聽了紛紛叫好。

但這事有那麼簡單嗎？愚公的妻子質疑道：「你連魁父這種小山丘都很難剷平了，更何況是太形、王屋這種超級大山？再說，你要把土石放到哪兒去？」

大家七嘴八舌地說：「扔到渤海旁邊，隱土北邊也行！」

愚公於是帶著最能扛重的三個子孫，開始鑿山挖土；再以畚箕裝土，運到渤海去倒。鄰居寡婦有個小孩，也跑跑跳跳，跟著大人們去倒泥土，從冬天到夏天，才走完來回一趟。

河曲住了一位據說很有智慧的老先生，他見狀便笑著阻止：「哎呀，你也太笨了！憑你殘餘的時日，連山的一角都剷不平吧？何況是一整座山呢！」

愚公嘆一口氣說：「你真是頑固又不肯變通，比寡婦和小孩都不如！雖然我時日無多，但兒子們還在。我的兒子生了孫子，孫子也能生兒子，他們的兒子又生了孫子，如此子子孫孫，無窮無盡。反正山也不會再長大了，何必擔心會剷不平呢？」老先生一時語塞，竟答不上話來。

山神聽了愚公的發言後，還真怕他真的讓子孫沒完沒了的挖下去，就向天帝投訴了。天帝因此被愚公的率直真誠所感動，便派夸蛾氏二個大力士兒子各扛一座山，一座往朔東放，一座往雍南放。從此自冀南到漢水之北，大道通暢無阻，交通也因此便利了。

悅讀寓言

初次參觀鐘乳石洞的人，很難不震懾於那壯麗奇詭的景象；在知道那是「滴水造石」的原理後，又會再次大感驚訝。一滴滴的水，一點一點溶解出碳酸鈣，又一層層的積累，歷經百萬年歲月，才成就了如此奇景。大自然造景，靠的就是時間。「愚公移山」的故事，聽起來很匪夷所思；但仔細一想，這何嘗不是向大自然學習的一種表現？恆心和毅力，能化不可能為可能。從「精衛填海」的傳說，到日劇《101次求婚》，都在強調「有志者事竟成」這條真理。

人人都知「世上無難事，只怕有心人」，說得容易，但我們實際去做一件耗時又艱難的事時，就知那其中的辛苦真得很消磨人。孟子就曾說：「有為者，辟若掘井，掘井九軔而不及泉，猶為棄井也。」（《孟子‧盡心篇》）好比挖一口井，人們拋血拋汗的挖呀挖，好不容易掘到了一個深度，卻突然狐疑起來：「挖這麼深了，還看不到井水，我該不會挖錯地點了吧？」這麼一想，就動搖了、放棄了。卻不知，只差一點點就能挖通水脈。正是有志者成事，只靠恆心還不夠，還要得有堅強的信心才行。

原文重現

太形、王屋二山，方七百里，高萬仞。本在冀州之南，河陽之北。北山愚公者，年且九十，面山而居。懲[1]山北之塞，出入之迂也。聚室而謀曰：「吾與汝畢力平險，指通豫南，達於漢陰，可乎？」雜然相許。其妻獻疑曰：「以君之力，曾不能損魁父之丘，如太形、王屋何，且焉置土石？」雜曰：「投諸渤海之尾，隱土之北。」遂率子孫荷擔者三夫，叩石墾壤，箕畚[2]運於渤海之尾。鄰人京城氏之孀妻，有遺男，始齔[3]，跳往助之。寒暑易節，始一反焉。

河曲智叟笑而止之，曰：「甚矣。汝之不惠，以殘年餘力，曾不能毀山之一毛，其如土石何？」北山愚公長息曰：「汝心之固，固不可徹[4]，曾不若孀妻弱子。雖我之死，有子存焉；子又生孫，孫又生子；子又有子，子又有孫；子子孫孫，无窮匱也，而山不加增，何苦而不平？」河曲智叟亡以應。操蛇之神聞之，懼其不已也，告之於帝。帝感其誠，命夸蛾氏[5]二子負二山，一厝朔東，一厝雍南。自此冀之南，漢之陰，無隴斷焉。

——《列子・湯問》

字義註釋

1. 懲：為某事而苦。
2. 箕畚：ㄐㄧ ㄅㄣˇ，以竹或柳編製，用來裝盛泥土的器具。

3. 齔：ㄔㄣˊ，指小兒換牙，後用來代稱稚齡小兒。

4. 徹：變通。

5. 夸蛾氏：古代神話人物，相傳力大無比。

搬家？還不如先改變自己！——更鳴可矣

穿梭時空聽故事

有一日，貓頭鷹在路上遇到了斑鳩。

斑鳩和他打招呼說：「嘿，你要上哪去呀？」

貓頭鷹苦惱地說：「因為村子裡的人都說不喜歡我的叫聲，所以我想搬到東邊去住。」

斑鳩認真想了一會兒，說：「這可真讓人傷腦筋啊！要是你能改變叫聲，那也就罷了；若是不能改變，就算搬到東邊去，又有什麼用呢？那裡的人還是會嫌惡你的聲音吧！」

悅讀寓言

「梟」或「鴟梟」就是我們熟知的貓頭鷹。現在市面上，有許多造型可愛的貓頭鷹布偶；在《哈利波特》裡，這種帶神祕感的動物是討喜的信差。可是，在古代中國，貓頭鷹卻被視作不祥、兇惡的象徵。

《說文解字》云：「梟，不孝鳥也。」

不過，貓頭鷹跟「不孝」是怎麼連上關係的呢？張自烈《正字通》寫道，「梟」是

「從母索食，食母而飛。」這是說母梟哺育幼梟一百餘日，幼梟遂長為成鳥；年輕的梟兒們振翅離巢之際，不但不知感恩，竟一同啄食因勞累而衰竭的母梟。從生物學知識來看，鴟梟食母並沒有確切的根據；這是周朝以來的傳說和信念，貓頭鷹就這樣背負了三千年的惡名。

俗話說：「南京的牛遷到北京還是牛。」西村的鴟梟搬到東村去，也還是鴟梟。有時候，人們會覺得換換環境，也許能改變些什麼；但這方法沒有每次都靈。有人換了環境之後，心情變好了，待人處事的方式也隨之調整，日子愈過愈快樂；有些人抱著沈重的心、滿行囊的「過去」換環境，結果「新環境」很快就變得跟「舊環境」沒兩樣，生活一樣不如意，人生依舊不順遂。正是想改變別人的觀感，得先改變自己；藉著搬家或旅行換心情之餘，還得加上好好審視自己這項功課才行。

原文重現

梟[1]逢鳩[2]，鳩曰：「子將安之？」梟曰：「我將東徙[3]。」鳩曰：「何故？」梟曰：「鄉人皆惡我鳴，以故東徙。」鳩曰：「子能更鳴，可矣；不能更鳴，東徙猶惡子之聲。」

——西漢．劉向《說苑》

字義註釋

1. 梟：即鴟鴞，晝伏夜出，身形似鷹，面似貓，一名為貓頭鷹。
2. 鳩：鳩鴿科鳥類的總稱，一般稱為鴿子。
3. 徙：ㄒㄧˇ，遷移。

當廢柴可以嗎？無用之用

❖穿梭時空聽故事

惠施是個好辯的聰明人，但他的好友莊子也不遑多讓。這天，惠施又想到新點子挖苦人。

惠施對莊子說：「我有一棵大樹，人家都叫它『樗』。它樹幹粗大，但左一個樹瘤右一個樹瘤，沒辦法用墨線去測；它的小枝彎彎曲曲，尺規也沒辦法量。它豎立在路邊，木匠連瞄都不瞄一眼。我看啊，你說的那些長篇大論，就和這棵樗一樣『大而無用』，大家都不想聽。」

莊子不慌不亂地回答說：「你知道狐狸和黃鼠狼吧？牠們懂得趴下身子，等待捕捉遊蕩的小動物，還能上下跳躍，靈活得不得了；但卻老是誤入捕獸機關，死在網子裡。你再看看犛牛，身體大得像天邊一朵雲，雖不能抓老鼠，但有得是其他的功用！你有這麼一棵大樹，哪需擔心它沒有用呢？何不把樹種在什麼都沒有的地方，廣闊的曠野，自己悠閒地在附近徘徊，還可以逍遙地在樹下睡一覺。不用操心有人來偷砍，也沒有誰會打它的主意。正因為沒有用，所以也就不會遇上什麼災禍呢！」

悅讀寓言

眾所皆知，莊子和老子一樣，主張率性無為，反對過度操練智識的有為；所以他的言論中，隨處可見對「無為」、「無用」的闡釋和辯證。不過，這則故事在寄寓莊子的理念之前，它還展示了「逆向思考」的方式。

惠施代表的是一般人的思考方式，以普遍的「有用」標準來衡量樗木，比如能不能用來蓋房子、做桌子。若是不能，就判定為無用，棄若敝屣。然而人類社會中，「有用」與否的標準，並不是固定的。好比早些年的時後，飲料瓶、罐頭和廢紙等，人人都以為是垃圾；當資源回收的技術引進後，這些垃圾卻轉眼變身成黃金。

與其執著於固定的「有用」，不如逆過來，思考無用之用。有人說：「哪裡有大家都不想碰的事，那裡就有商機。」這話雖說得極端，卻不無道理，也算是驗證了莊子「人皆知有用之用，而莫知無用之用」的箴言。

原文重現

惠子謂莊子曰：「吾有大樹，人謂之樗[1]。其大本臃腫而不中繩墨，其小枝卷曲而不中規矩。立之塗，匠者不顧。今子之言，大而無用，眾所同去也。」莊子曰：「子獨不見狸狌乎？卑身而伏，以候敖[2]者；東西跳梁，不辟高下；中於機辟[3]，死於罔罟[4]。今夫斄牛，其大若垂天之雲。此能為大矣，而不能執鼠。今子有大樹，患其无用，何不樹之於无何有之鄉，廣莫之野，彷徨乎无為其側，逍遙乎寢臥其下。不夭斤斧，物無害者，无所可用，安所困苦哉！」

——莊周《莊子．逍遙遊》

✿字義註釋

1. 樗：ㄕㄨ，一種材質鬆散的劣木。
2. 敖：通「遨」字，指遨遊而至的小動物。
3. 機辟：捕獸的機關。
4. 罔罟：ㄍㄨˇ，網子。

要當死去的偶像，還是活在當下——寧曳尾塗中

穿梭時空聽故事

一天，莊子悠閒的坐在濮水畔釣魚。兩位楚王派來的大夫，來到莊子身旁，恭敬的傳達君王的話：「願將國內的政事託付給先生！」

莊子扶著釣竿，頭也不回的說：「我曾聽說楚國有只大神龜，死了有三千年以上了。君王將它寶貝的收藏在竹箱中，用布巾層層包裹起來。我倒是想問問，這只神龜是願意死了之後留骨給後人崇拜，還是願意生龍活虎的在污泥土中拖著尾巴爬？」

那兩位大夫回答說：「想必是寧願拖著尾巴在污泥中爬吧。」

莊子說：「兩位請回吧！我也希望自在地過著拖尾巴在泥中爬的日子！」

悅讀寓言

古代的讀書人，有的為了不受君王重用而抑鬱一生，也有人像莊子一樣，官位都送上門來了，卻推辭說不想要。與其拘束的活著，而死後留下功名讓人崇拜；還不如當下就過得自在逍遙。這就是莊子以「大神龜」

做比喻的意思。宋朝詩人蘇轍，寫過「倡狂戰國古神仙，曳尾泥塗老更安」❶二句詩；其中「曳尾泥塗」的典故，就是來自莊子的寓言故事。這首詩的作意，是藉著歌頌彭祖淡泊名利、善於養生而長壽，寄託了詩人對隱逸生活的嚮往。

古來稗官野史中，不乏推辭做官的故事。唐代詩人張志和就是一例。張志和年紀很輕的時候，就經由明經科登第；後來他在官場上遇到了點事故，被貶為南浦尉。他趁機以回鄉奔喪為藉口，拒絕上任。此後張志和遍遊名山大川，又經常在大書法家顏真卿住宅中作客。每每酒過三巡，就即興地提筆寫詩作畫。據說每幅作品都是難得的逸品。唐憲宗聽聞此事，便派人去召回張志和；但他就是有本事東躲西藏，最終皇帝的使者無功而還。

張志和有首著名的〈漁歌子〉，詞曰：「西塞山前白鷺飛，桃花流水鱖魚肥。青箬笠，綠蓑衣，斜風細雨不須歸。」詞中那五湖四海任遨遊的率性逍遙，不知羨煞了多少文人士子。但他的哥哥張松齡，就顯得很看不開。當他知道弟弟刻意迴避皇帝的使者時，很怕會生出什麼禍端，便寫了首〈和答弟志和漁父歌〉給他，詞曰：「太湖水，洞庭山，狂風浪起且須還。」意思是要張志和收斂些，沒事快快回家來安分待著。這一個說「不須歸」，一個說「且須還」；誰才是真正能享受神仙生活的人，想必看倌心裡都清楚吧！

原文重現

莊子釣於濮水，楚王使大夫二人往先[1]

❶〈和子瞻濠州七絕・其三・逍遙堂〉

焉，曰：「願以境內累[2]矣。」莊子持竿不顧，曰：「吾聞楚有神龜，死已三千歲矣，王以巾笥[3]而藏之廟堂之上。此龜者，寧其死為留骨而貴乎？寧其生而曳尾於塗[4]中乎？」二大夫曰：「寧生而曳尾塗中。」莊子曰：「往矣，吾將曳尾於塗中。」

——莊子《莊子．秋水》

❖字義註釋

1. 先：宣告其言之意。
2. 累：ㄌㄟˇ，託付。
3. 巾笥：笥，ㄙˋ。巾笥為以布巾包裹的竹箱子。
4. 塗：污泥。

人生中如恆河沙數的選擇——多岐亡羊

✿穿梭時空聽故事——

戰國時有位哲學家名叫楊朱，大家都稱他為楊子。某日，楊子鄰居的羊走丟了，鄰居非常著急，不僅找來親戚朋友幫忙，還拜託楊子也讓家中的僕人協助一起尋羊。

聽到鄰居的請託，楊子說：「哎喲，才丟了那麼一頭羊，何必驚動這麼多人去找？」

鄰人愁眉苦臉的說：「因為岔路很多啊！」

過沒多久，找羊的人們回來了。於是，楊子問他們：「找到羊了嗎？」

鄰人說：「羊真的走丟了，找不到！」

楊子追問：「為什麼找不到？」

鄰人回答：「都是岔路害的！每條岔路中又有岔路，我們根本不知道該往哪裡找，只好回來。」

這時楊子臉色一變，神情看起來既哀傷又憂愁，很長的時間都不發一語。就這樣，竟然好幾日都不見他臉上有笑容。

楊子的學生感到很奇怪，便向他請示：「區區一頭羊，也不是先生家裡畜養的，為何您會如此悶悶不樂？」不過，楊子依舊不願開口，而學生們猜來猜去，仍然搞不清楚老師的想法，到底楊子因何不樂呢？

悅讀寓言

「多歧亡羊」乍看之下似乎在說「多頭馬車」的做事態度容易壞事；故事中尋羊的人徒勞而返，楊子則陷入悶悶不樂的沉思；這只是開頭而已，事情還有後續。

楊子有個學生名叫孟孫陽，孟孫陽把這件事告訴了心都子。一日，這兩人結伴去拜訪楊子。心都子行禮之後，沒頭沒腦的問了個問題。

「從前有三兄弟，到齊魯遊學時，跟同一位老師學仁義之道。學成返家後，父親出了考題：『你們說說看，仁義之道是什麼？』老大說：『仁義使我把名聲擺在性命之後。』老二說：『仁義使我為了名聲而不惜犧牲性命。』老么說：『仁義使我的性命和名聲可以兩全。』」心都子問：「明明是跟同一個儒者學習，為什麼會得到相反的認知？這其中誰對誰錯呢？」

楊子回答說：「從前有個熟習水性的船夫以擺渡為生，他賺的錢可以養活百口之家。聞名而來向他學習的人，多得數不清；然而有一半的人，在學習時不幸溺死了。這些人是來學擺渡，不是來學溺水的；但學習的益處與害處居然這樣兩極。你說，這其中誰對誰錯呢？」

辭別老師後，孟孫陽忍不住抱怨：「你和先生在說什麼呀？我真是愈聽愈糊塗了！」

也難怪孟孫陽會這樣問。丟羊事件、心都子與楊子說的例子，此三者看似不相干，卻是互相關連的。「多歧亡羊」點出人們迷惑於道路分歧的窘況，「三兄弟學仁義」指出，從表面的分歧回答去思考仁義之學的對錯，容易陷入迷惘。「學擺渡」則再次說明，從學習者有無成效的差異，去思考學擺渡的對錯，也是徒勞的。

心都子說：「因為道路分岔太多，所以找不到走丟的羊；學擺渡的人因為方法太多、又不專精，所以就溺死了。由此可見，學習這件事，在『本』是相同的，但『末』卻差異得如此之大。只有回歸到根本，才不會迷失方向。這樣你懂了吧！」

原文重現

楊子之鄰人亡羊，既率其黨，又請楊子之豎[1]追之。楊子曰：「嘻！亡一羊何追者之眾？」鄰人曰：「多岐路。」既反，問：「獲羊乎？」曰：「亡[2]之矣。」曰：「奚亡之？」曰：「岐路之中又有岐焉。吾不知所之，所以反也。」楊子戚然變容，不言者移時[3]，不笑者竟日。門人怪之，請曰：「羊賤畜，又非夫子之有，而損言笑者何哉？」楊子不荅。門人不獲所命。

——《列子．說符》

字義註釋

1. 豎：未成年的傭僕。
2. 亡：通「無」，丟失之意。
3. 移時：指很長一段時間。

人有旦夕禍福——塞翁失馬

穿梭時空聽故事——

很久以前，在邊塞地區，住了一位擅長養馬的塞翁。一日，塞翁的馬無緣無故走丟了，聽說是跑到胡人的領地去了。鄰人知道了，紛紛前來安慰。

塞翁說：「看著吧！這何嘗不是福氣哩！」

沒想到，過了幾個月，走丟的馬不但自己回來了，還帶來一匹胡人的良馬。鄰人紛紛前來道賀，塞翁卻憂慮的說：「唉！這可能不是什麼好事啊！」

家裡有了難得的良馬，塞翁的兒子天天都騎著馬到處跑。結果一個不小心，就從馬背上摔下來，跌斷了大腿骨。鄰人聽聞消息，又都來安慰塞翁。

塞翁倒是看得很開，他說：「等著看吧！這可能是大大的福氣喔！」

一年後，胡人大軍入侵。邊塞地區年輕力壯的男人，都被徵調去作戰；十個人當中就有九個戰死。塞翁的兒子因為跛了腳，免於兵役，竟僥倖保全了性命。福轉為禍，禍轉為福，這變化真是難以預料，深不可測啊！

《淮南子》這本書寫成於西漢時期，書中花了不少篇幅在談福和禍的問題。《淮南子》認為世間有三種「危險」之事：一是德行和器量不夠，卻受到尊崇；二是沒有才能，卻居於權力的高位；三是沒有建功，卻接受豐厚的俸祿。換言之，「天下沒有白吃的午餐」，要是無緣無故掉下好事在自己身上，在拍手叫好之前，應該要謹慎深思。

孫叔敖是春秋時楚國的宰相，他為人賢明清廉，什麼該得什麼、什麼不該得，他心裡都清清楚楚。有一次，楚莊王出戰，大勝晉國；班師回朝後，在封賞功臣之餘，連帶賞賜孫叔敖。孫叔敖以無功不受祿，婉拒了君王的好意。後來，孫叔敖得了重病，臨終前交代兒子說：「我死後，楚王會封賞你。切記要推辭肥沃富饒之地，只能接受貧瘠偏僻的領土。」

孫叔敖去世後，楚莊王立意封賞功臣的遺孤，果真將富饒之地賞賜給孫叔敖的兒子。孫叔敖的兒子謹遵父親的教誨，謝絕了富饒之地，而要求賞封寢丘。寢丘這個地方，土地貧瘠、民風原始、好鬼神之事，沒有人中意這種領地。孫家看起來好像自願放棄了好處，但其實更大的好處在後頭。楚國有個規矩，功臣的封地和俸祿，到了第二代時就必須收回。就因為孫叔敖的兒子選了這領地，所以楚王一直沒有過問此事，孫家竟就一直保有封賞的俸祿。

「福與禍同門，利與害為鄰」。這種充滿人生哲學意味的辯證思維一直深藏在中國人的思維之中。

原文重現

近塞上之人有善術者，馬無故亡[1]而入胡，人皆吊之。其父曰：「此何遽不為福乎。」居數月，其馬將[2]胡駿馬而歸，人皆賀之。其父曰：「此何遽不能為禍乎。」家富良馬，其子好騎，墮而折其髀[3]，人皆吊之。其父曰：「此何遽不為福乎。」居一年，胡人大入塞，丁壯者引弦而戰，近塞之人，死者十九，此獨以跛之故，父子相保。故福之為禍，禍之為福，化[4]不可極，深不可測也。

——西漢・劉安《淮南子・人間訓》

字義註釋

1. 亡：通「無」，走丟之意。
2. 將：和、一起。
3. 髀：ㄅㄧˋ，指大腿骨。
4. 化：變化。

飽食無禍豈可長久——永某氏之鼠

✲穿梭時空聽故事——

永州住了一個怪人，姑且稱他某氏吧。某氏非常討厭太陽，幾乎到了忌諱的地步。他在農曆的子年出生，子年的生肖神是鼠；就因為這緣故，他十分呵護老鼠，不養貓，也禁止僕人打老鼠。家中存放食物的倉庫和廚房，都任憑老鼠通行無阻。

這般天大的好事，就在老鼠間口耳相傳：「某氏家裡不趕老鼠呢！大伙兒一起來吃個痛快吧！」就這樣，某氏的房裡沒有半樣完好的器具，衣架上沒半件完整的衣服，全都遭老鼠咬嚙過了；連他吃的東西，也大抵都是老鼠吃剩的。這些鼠輩在白天時大方的和人一起行走，晚上就到處咬東西或鬧事，聲響之大，令人無法入眠。即使如此，某氏也絲毫不感到厭煩。

幾年後，某氏搬往其他地方去了。新的屋主來了之後，老鼠故態不改，依舊大搖大擺的啃食打鬧。新屋主納悶地說：「這些在暗處出沒的鼠輩，本來就喜歡作怪；可是怎麼會嚴重到這種地步呢？」

他馬上找來了五、六隻貓，關上大門，撤去可供老鼠藏身的瓦片，用水灌入各個鼠洞；又雇用幾個僮僕，專門張網、設機關捕鼠。沒多久，殺死的老鼠就堆成了個小山丘；丟棄到偏僻地方，屍臭味仍舊瀰漫了幾個月才消散。真是可怕的景象啊！

悅讀寓言

柳宗元寫的這則寓言，意有所指。舊的制度和官場，培養起一群養尊處優、霸道橫行的官吏；一旦在位者輪替、改弦更張，這些官吏若不收斂做為，就容易招來殺身之禍。

鰲拜的父兄輩，曾追隨隨努爾哈赤起兵；鰲拜自身也是皇太極的大將，早年時南征北討，建立不少功勳。皇太極曾賜予「巴圖魯」的稱號，意即為「勇士」，十分得到君王的信任。

鰲拜在沙場上是攻無不克、戰無不勝的勇將，在官場上卻是惡名昭彰、令人髮指的權臣。仗著開國元勛的地位及帝王的縱容，鰲拜擅權斂財，非常囂張。如此歷經皇太極、順治二朝，當八歲的康熙即位時，鰲拜依舊不改其行徑，甚至經常給小皇帝下馬威。康熙帝隱忍了數年，等到他掌握親政的實權時，便設計逮捕鰲拜，清算其家產與犯下的罪行。追隨鰲拜的黨羽自然也一同遭了殃。所謂此一時彼一時，風水輪流轉。天下沒有永遠的「靠山」，人還是要光明磊落、堂堂正正，這人生路能才走得順當、久長。

原文重現

永有某氏者，畏日，拘忌異甚。以為己生歲值子[1]，鼠，子神也，因愛鼠，不畜貓，又禁僮勿擊鼠。倉廩[2]庖廚，悉以恣鼠不問。由是，鼠相告，皆來某氏，飽食而無禍。某氏室無完器，椸[3]無完衣，飲食，大率鼠之餘也。晝纍纍與人兼行，夜則竊嚙鬥暴，其聲萬狀，不可以寢，終不厭。數歲，某氏徙居他州。後人來居，鼠為態如故。其人曰：「是陰類[4]惡物也，盜暴尤甚。且何以至是乎哉。」假五六貓，闔門，撤瓦，灌穴，購僮羅捕之。殺鼠如丘，棄之隱處，臭數月乃已。

——柳宗元《柳河東集》

字義註釋

1. 子：農曆子年出生之人，生肖為鼠。
2. 倉廩：堆放穀物和食材的倉庫。
3. 椸：一ˊ，吊衣服的架子。
4. 陰類：在暗處出沒之物。

化虛為實為上策——黔驢技窮

✿穿梭時空聽故事——

貴州一帶，聽說本來沒有驢子。有好事的人大老遠運來一頭驢，運過來之後，也不知該拿這頭驢怎麼辦，就樣放養在山腳下。

山裡的老虎看到身形龐大的驢，以為是什麼了不起的東西，每天都躲在樹林間窺視。偶爾，老虎試探性的稍微走出來，悄悄靠近驢子，小心翼翼的觀察牠。牠在心底拿捏這種陌生動物到底有多大本領。

有一天，驢子發出巨大的鳴叫聲，老虎嚇了一大跳，連忙逃得遠遠的，還以為驢子想吃了牠，害怕得不得了。後來，老虎來來回回的觀察驢子，愈發覺得這不明生物沒什麼了不起的，便漸漸習慣了驢子的鳴叫聲。但老虎仍然謹慎的在驢子前後繞行，始終不敢貿然攻擊。

隨著日子一天天過去，老虎愈來愈大膽。牠慢慢地靠近驢子，一下子撞牠，一下子又靠在牠身上，極盡挑釁之能事。終於，驢子被惹毛了，便用前蹄去踢老虎。老虎一看之下，心中大喜：「哈！原來這傢伙只有這麼點本事罷了！」於是便凶蠻地撲上前，咬斷驢子的喉嚨，大肆啃食牠的肉，並在飽食之後揚長而去。

✿悅讀寓言

為什麼驢子會喪命呢？柳宗元寫完這個故事後，喟嘆曰：「向不出其技，虎雖猛，疑畏卒不敢取，今若是焉，悲夫！」意思是說，驢子身形龐大，聲音宏亮，在不明其底細時，這種姿態是很唬人的。只可惜驢子不小心露出了馬腳——牠的攻擊技能只有用前蹄亂踢而已。一旦這可憐的技能被識破，老虎便肆無忌憚的撲咬牠了。換個角度來說，這頭驢就是不懂得虛張聲勢的藝術，才會落得如此悲慘的下場。

古代兵法書《三十六計》中，有一計專門在講虛張聲勢，這就是「空城計」。所謂「虛虛實實，兵無常勢」。古代兩軍對峙時，沒有人造衛星可以監視空拍，對敵方的實際兵力，只能仰賴觀察和經驗的推斷。在這種情況下，若是有一方懂得「化虛為實」，營造出陣容堅強的假象，在戰爭心理上就能得到優勢。

唐玄宗時，邊疆瓜州一帶遭吐蕃人入侵。原本守城的將領王君煥不幸戰亡，城中的戰備也幾乎消耗殆盡。眼看人力物資不足，敵軍即將來襲，接替守城任務的張守圭急中生智，對將士們說：「敵眾我寡，我們不能硬拼，要智取才行！」於是命人在城牆上設宴，他就和將士們坐在上頭飲酒聽歌。吐蕃軍一看，懷疑城內有詐，便不敢急攻，只得暫時退兵觀察。如此，張守圭便爭取到等待後援的寶貴時間。人人都知道實力第一，不該「打腫臉充胖子」；但在性命攸關的當頭，懂得「藏拙作勢」也是很重要的！

原文重現

黔無驢，有好事者船載以入。至，則無可用，放之山下。虎見之，龐然大物也，以為神。蔽林間窺之，稍出，近之，慭慭然[1]莫相知。他日，驢一鳴，虎大駭，遠遁，以為且噬己也，甚恐。然往來視之，覺無異能者，益習[2]其聲。又近出前後，終不敢搏。稍近，益狎，蕩倚沖冒[3]，驢不勝怒，蹄之。虎因喜，計之曰，「技止此耳！」因跳踉[4]大㘎，斷其喉，盡其肉，乃去。

——唐．柳宗元《柳宗元集》

字義註釋

1. 慭慭然：慭，ㄧㄣˋ。小心翼翼的樣子。
2. 習：習慣。
3. 蕩倚沖冒：形容虎挑釁冒犯驢的樣子。
4. 跳踉：踉，ㄌㄧㄤ。跳躍。

天才的悲歌——傷仲永

❖穿梭時空聽故事

宋代大文學家王安石曾經說過這樣一個故事。

金溪縣有個人名叫方仲永，世代都是以務農為生。聽說仲永五歲的時後，明明沒見過筆墨紙硯，卻哭鬧著要大人拿給他。仲永的父親覺得很奇怪，就向附近的人借了一套文房四寶給兒子。仲永一得到文具，立即寫下四句詩，並且有模有樣的寫上題目。他的詩以孝養父母、禮待族人為大意，還有人傳抄出去，讓全鄉的秀才觀賞。

從此以後，仲永看到有意思的事物，就開始吟詩；詩完成後，不論是文筆還是道理，都有值得人點頭稱讚之處。鄉里的人把仲永當成奇特的寶，開始人人都邀請仲永的父親去作客，甚至有好事者拿著錢財，要求仲永寫詩。仲永的父親貪圖利益，便天天帶著兒子到處應酬作詩，沒怎麼讓他去上學。

這件事我聽聞很久了。明道年間，我跟隨先父回老家，在舅舅那兒見到了方仲永；當時他大概十二、三歲。他做的詩，看來並不如傳聞中那樣精彩。過了七年，我從揚州回來，再度到舅舅家拜訪時，不經意地問起仲永的事。舅舅說：「那孩子現在已經跟普通人沒兩樣囉！」

悅讀寓言

這是一則講「天才變凡人」的故事，問題不是出在天才變笨了，而是方仲永的父親短視近利，不懂得栽培兒子，沒讓他好好上學。古人曰：「學如逆水行舟，不進則退。」少了努力學習，天才就被光陰磨成了平凡人。

看過《阿瑪迪斯》這部電影的人便知道，這個不同於方仲永的故事，歐洲音樂家阿瑪迪斯・莫札特（W. Amadeus Mozart）的父親，就很懂得栽培兒子。莫札特很小的時候就展露出音樂的天分，他六歲就寫出小提琴奏鳴曲，八歲竟然就能創作交響樂。雷歐波得・莫札特（Leopold Mozart）發覺兒子不尋常的天賦後，就放棄了自己的生涯規劃，全心全力地栽培莫札特，給他最好的音樂教育和表演的機會。若沒有雷歐波得・莫札特這個推手，可能就沒有阿瑪迪斯・莫札特，這算是古典音樂史之外一個不成文的定見。

英國的報紙曾刊登「天才兒童與成材壓力」的相關報導。有研究指出，長時間追蹤兩百多名天才兒童後，發現最後能發揮潛力、取得成就的，竟不到十人。原因是天才兒童受到過多的稱讚、關注和期待，導致他們在學習時產生心理障礙。回過頭來想，恐怕方仲永的情況與這些兒童相去不遠。難得天才卻不能成材，這真得是令人十分感慨。

原文重現

金溪民方仲永，世隸耕。仲永生五年，未嘗識書具[1]，忽啼求之；父異焉，借旁近與之。即書詩四句，並自為其名；其詩以養父母、收族[2]為意，傳一鄉秀才觀之。

自是指物作詩，立就，其文理皆有可觀者。邑人奇之，稍稍賓客其父，或以錢幣乞之。父利其然也，日扳[3]仲永環謁於邑人，不使學。余聞之也久。明道[4]中，從先人還家，於舅家見之，十二三矣。令作詩，不能稱前時之聞。又七年，還自揚州，復到舅家問焉，曰：「泯然[5]眾人矣！」

——王安石《臨川先生集》

字義註釋

1. 書具：筆、墨、紙、硯。
2. 收族：循長幼尊卑之禮，團結家族的人。
3. 扳：帶著。
4. 明道：宋仁宗的年號。
5. 泯然：跡象消失的樣子。

夢想是美好的、現實是殘忍的——芻甿戒騎

穿梭時空聽故事——

有個叫芻甿的鄉下人，某次進城，看到城裡的年輕人瀟灑地騎馬的樣子，心中十分欣羨。但他一時不知道該到哪兒弄到馬匹，只得作罷。回到家後，他鎮日都是一副惆悵失落的模樣。

常言道，日所思夜有所夢。一日夜裡，芻甿夢見自己騎上馬匹，興奮得無以復加；醒來後，就把這個夢和好友說了。朋友體恤他的心情，就邀他一起到城裡，租了匹馬讓芻甿騎。

芻甿騎著馬，感覺拉風極了！他驅策馬兒步上城外的郊道。不料，馬見到青草地，長嘶一聲，就像陣風般狂奔起來。高壯的馬縱情的奔馳、跳躍，就像踏水而飛的水鳥般輕盈、迅速。這景象說美是很美，卻嚇壞了沒什麼騎馬經驗的芻甿。他緊抱著馬鞍大呼救命，不一會兒，就被摔下馬背了。馬從他身上跳過去，芻甿的頭直直栽進泥濘中，足足有好幾尺深。多虧他的朋友立刻跑來救人，這才免於滅頂的災厄。

經歷了一回騎馬驚魂記後，芻甿便這樣告誡兒子：「兒子啊，明白事理的人有個大

戒，切記要謹慎，不要隨便騎上馬！」

悅讀寓言

故事中這個叫芻甿的人，先是因為羨慕別人騎乘的優雅，而對騎馬念念不忘；後又因為不善馬術，摔了個倒栽蔥。碰了釘子的芻甿，竟就把「無乘馬」當成家訓，慎重的告誡兒子。古人騎馬和今人騎腳踏車一樣，都是需要練習的；因為缺乏練習而摔車，又因而一輩子不騎腳踏車，任誰聽了都覺得匪夷所思。

這就好比我們看鴨子划水一般。只見鴨子輕鬆的游來游去，卻不見水底下忙碌打水的雙蹼，就是只知表面，而不知其所費的功夫。

國外有個這樣的故事。有個做事老是失敗的人，登門向智者求救：「請教我如何才能成功！」智者說：「好吧。城東有個玻璃匠，他做的玻璃藝品，親王貴族都爭相收藏。你去問問，他做出失敗作品和成功作品的比率是多少。」

這個人照智者的吩咐去問了，玻璃匠告訴他：「我做出完美的作品前，失敗的次數真的是無法計算，硬要估計的話，大概是百分之一的機率吧。」這個人回去向智者報告了，然後問：「我不明白啊，您要我問這件事的用意是什麼？」智者說：「這個玻璃匠做出成功作品的機率是百分之一，換句話說，他一連失敗九十九次，才能成功一次。即使如此，他還是數一數二的藝術家。失敗並不可恥，堅持就是成功的祕訣。」

所有的成功者，同時也是飽嚐失敗的人；這是古今中外皆相同的道理。

原文重現

𡖅盳之市，見市子之騎而都[1]也，慕之，顧無所得馬，歸而惋形於色。一夕，乃夢騎，樂甚，寤而與其友言之。其友憐而與俱適市，僦[2]馬與之。騎以如陌。馬見青而風，嘶而馳，駜然而驤[3]，蹴然而若鳧，𡖅盳抱鞍而號，旋於馬腹之下，馬躍而過之，頭入於泥尺有咫[4]。其友馳救之免。歸乃謂其子曰：「知命者有大戒，惟慎無乘馬而已。」

——劉基《郁離子》

字義註釋

1. 都：優雅而瀟灑的樣子。
2. 僦：ㄐㄧㄡˋ，租借。
3. 駜然而驤：駜，ㄅㄧˋ。駜然：馬高大壯美的樣子。驤，奔跑、跳躍。
4. 咫：古代以八寸為一咫。

知足能常樂——雖無子之美，亦無子之憂

❖穿梭時空聽故事——

原野中，一株高大的梓樹和附近的荊棘叢正在對話。

梓樹自豪地展示枝葉，用充滿優越感的口吻說：「哎，你為什麼長得如此矮小又難看呢？瞧你這副徒有禿幹和雜草藤蔓糾結纏繞的模樣，一整年都被樹皮遮蓋，不見天日，這不是很容易生病嗎？」

「看看我！我高聳的豎立在山崖上，樹梢接觸得到日光，樹根則深深地紮入地底，太陽和月亮對我投下光輝，風雨滋潤了我的身體。鸞鳳棲息在我的枝幹上，從早歌唱到晚。暖和的雲氣、山裡的霧氣，蒸發後凝結為朵朵祥雲。五彩的景色，和鳴的聲響，都成了妝點我的紋彩！我迎向太陽，輕拂水光，美麗得就像洗濯過的蜀錦，燦爛得像開在富貴人家的春花。所以工匠對我愛不釋手，都想用我做明堂的大樑哩！」

聽完梓樹這串話，荊棘順風長嘯一聲，伸直了枝條說：「你確實是很美啊！我聽人家說：『過於重視外表容易招來侮辱，喜歡穿華服容易引來盜賊，多才多藝則讓人嫉妒。』你的美冠絕天下、名聲響亮，可惜運

氣未到，眼下可沒有半個人想蓋宮殿！我擔心，你做不成明堂的大樑，反而被裁成棺材，和腐朽的屍體一起埋在地底。到時候，想曬曬太陽也不可能了。」

「看看我！我高不過八尺，軀幹比手指還細，枝條鬆散彎曲，也沒有美麗的紋理。上天沒給我什麼天賦，唯獨給了刺。所以樵夫不敢砍我，禽獸不敢靠近我。雖然不如你風流瀟灑，卻也沒有你的憂慮。我對現況非常知足，哪還有什麼奢求呢？」

悅讀寓言

有時候，人們會陷入某種固定標準的陷阱中。這固定標準是普遍的社會期待，例如：美比醜來得好、富比窮來得愜意、聰明人比笨的人有成就、被稱讚比不被稱讚來得光榮……等等。但是，美真的比醜來得好嗎？有道是「紅顏薄命」；即使在現代我們也常看到光鮮亮麗的偶像，苦於被狗仔跟蹤、被媒體胡亂曝光隱私的現象。而窮人固然有窮人的苦，但他起碼與守護錢財、盜賊害命之類的煩惱無緣。

西諺有云：上帝造物，必然有造其物的用意。梓樹固然是棟樑之材，但荊棘生為荊棘，也有它自身存在的意義。若把梓樹拿來跟荊棘比較，那就會產生故事中所諷刺的迷思：誰說良材一定能成為棟樑？若它倒楣些，被製成棺材也說不定。荊棘看似「不成材」，但它自在自為，至少不用擔心得和死人一起陪葬。因此，梓樹的比較之心是不必要的比較。天生我才必有其用，知命而能安命，這就是幸福。

原文重現

梓謂棘曰：「爾何為乎修修[1]而不揚，櫹櫹[2]而無所容，幽樛[3]於灌莽之中，翳朽籜[4]而不見太陽，不已痗[5]乎？吾榦竦穹崖，梢拂九陽，根入九陰，日月過而留其暉，風雨會而流其滋。鵷雛翠鸞，朝夕和鳴；暖藹晴嵐，山蒸澤烘，結為祥雲。五色備象，八音成聲，絢為文章。抱日浮光，蔚兮若濯錦出蜀江[6]，粲兮若春葩曜都房。是以匠石見而愛之，期以為明堂[7]之棟樑。」

言既，棘倚風而嘯，振條而吟曰：「美矣哉！吾聞之：『冶容色者侮之招，麗服飾者盜之招，多才能者忌之招。』今子之美，冠群超倫，名彰於時，泰運未開，構廈無人，吾憂子之不得為明堂之棟樑，而剪為黃腸[8]，與腐肉同歸于冥冥之鄉，雖欲見太陽，其可得乎？吾長不盈尋，大不踰指，扶疎屈律，不文不理，天不畀[9]之材，而賜之以刺，使人不敢樵，禽不敢萃。故雖無子之美，而亦無子之憂，則吾之所得多矣，吾又安所求哉。」

——劉基《郁離子》

字義註釋

1. 修修：樹枝細小的樣子。
2. 櫹櫹：無花無葉，只存禿幹的樣子。
3. 樛：ㄐㄧㄡ，糾葛纏繞的樣子。
4. 籜：ㄊㄨㄛˋ，原指竹筍皮，此處泛指落葉和脫落的樹皮。
5. 痗：ㄇㄟˋ，疾病、生病。
6. 蜀江：位於四川，為著名的蜀錦產地。
7. 明堂：天子朝會諸侯、舉辦祭典的地方。
8. 黃腸：即棺槨，包覆在棺材外層的木套。
9. 畀：ㄅㄧˋ，給。

亡羊補牢，為時不晚——晚成

穿梭時空聽故事——

屠龍子的馬走丟後，他開始動手整修起馬廄。旁人對他說：「您這馬廄修得太遲啦！」

屠龍子說：「不晚、不晚！折斷手臂後，開始學治療，這一點都不晚。從前齊桓公、晉文公都是先丟了王位，而後歸國成為了春秋五霸。越王句踐被亡了國、做了俘虜，而後生聚教訓，反過來滅了吳王夫差。知武子曾被楚人囚禁，後來回到晉國做大夫，輔佐君王大敗楚軍於鄢陵。孫子被砍了雙腳後，因緣際會成為兵法專家，名震天下。再看看那伍子胥，他不也是先喪家出逃，而後藉吳國的大軍打回楚國郢都，為父兄報仇雪恨。還有，范睢也曾被魏國宰相魏冉陷害，不但肋骨和牙齒被打斷，還遭人用竹席捆起來扔到茅廁中；後來他成了秦國宰相，用計吞併了魏齊。」

「我剛說的三位國君、四位大夫，都有個共同點：他們遭逢困厄時，任誰都以為他們永無翻身之日了；一旦他們重新取得權勢，人人又把他們當成太陽和星星般仰慕。假使這三君四大夫，在危亡之際，甘於自暴自棄，那也就什麼都玩完了！所以，七月鬧旱災時，稻子長不成了，但農夫還是會拔除雜草，期待野生作物能長出來。如果覺得為時已晚，什麼都不做，那田地就真的荒廢啦！」

幾個月後，屠龍子的馬自己回來了，正好牢牢地拴在新馬廄裡。人人都很佩服他的見識。

悅讀寓言

這則故事有意思的地方，特別在於「方其逃奔困厄之際，孰不謂其當與枯荄落葉同腐土壤」一句。人生的困境，有時候真得讓人很難捱。這難捱的困厄，在別人眼裡看起來像什麼呢？《郁離子》說，就像了無生氣的枯草殘葉，落在污泥中慢慢腐爛一樣。這可真是很驚悚，卻又十分貼切的形容。唯有在這種糟糕的處境中反省，力圖振作，我們才看得到「為時不晚」這句話的不二價值。

據聞戰國時代，楚襄王有位大臣名叫莊辛。莊辛看到楚王耽溺享樂而荒廢了國政，便出言勸諫。但楚王不肯聽勸，莊辛便自請離去。過沒多久，日益強大的秦軍來犯，楚國連國都也幾乎失守。這時楚襄王想起了莊辛的勸諫，心中感到很懊悔，便派人將他找了回來。楚王說：「我很後悔當初沒有聽先生的話，現在該怎麼辦呢？」莊辛便說：「見到兔子才去找獵狗來追捕，羊隻走失後才知道修柵欄，這都為時不晚！楚國地大物博，您還有東山再起的希望！」這正是人生只怕「不開始」，少有真的「來不及」。積極行動能彌補過去，創造未來；這也算是亙古不變的道理了。

原文重現

屠龍子失馬而治廄，人曰晚矣。屠龍子曰：「折肱而學醫，未晚也。昔者齊桓、晉文公皆先喪其國，而後歸為五伯。越王句踐犧於會稽，而後滅夫差，作諸侯長。知武子囚於楚，而後歸相晉侯，光復先君之業。孫子刖足[1]，而後為大國師，破軍斬將，威動天下。伍子胥喪家出奔，而後入郢復其父兄之讎。范睢折脅拉齒於簀中，而後相秦斬魏齊。此三君四大夫者，方其逃奔困厄之際，孰不謂其當與枯荄[2]落葉同腐土壤；而一旦光輝煥赫，使人仰之如日星之在上。向使其甘於危亡而自暴也，則亦已矣。故七月之旱，禾不生矣，猶可芟[3]而望其和穭[4]；若以為晚而遂棄之，田卒荒矣。」數月而馬歸，人服其識。

——明．劉基《郁離子》

字義註釋

1. 刖足：刖，ㄩㄝˋ。砍腳，古代的刑罰之一。
2. 枯荄：荄，ㄍㄞ。枯萎的草根。
3. 芟：ㄕㄢ；拔除雜草。
4. 穭：同「稆」，野生的稻子。

豈不怪哉？怕老鼠的貓

❖穿梭時空聽故事——

從前衛國住了一個姓東的人。東氏沒有什麼特別的愛好，唯獨養貓成癡。貓是專門抓老鼠的動物，東氏養了一百多隻的貓，家附近的老鼠都被抓完了，這些貓沒了食物來源，便飢餓地大聲嚎叫。

東氏不忍心見貓餓著，就去買了肉來餵牠們。這些貓生子，子又生孫，子子孫孫都仰賴東氏買來的肉為生，竟漸漸的不知老鼠為何物。這些貓只知道肚子餓了就哇哇叫，叫了就有肉可食，吃飽後，就緩緩地散步，一副安樂公的模樣。

城南有戶人家鼠多成患，甚至還有老鼠掉進裝食物的甕子裡，便急忙向東氏借了幾頭貓。這些養尊處優的貓，看到老鼠兩耳聳立、突出一對又大又黑的眼睛、脖子的毛色赤棕，又吱吱叫個不停，便以為是什麼怪物，只在高處小心翼翼的看著老鼠走，不敢靠近。

借貓的人非常生氣，索性把貓推入甕子裡；不料，這些貓害怕地大叫。過一會兒，老鼠衡量貓也沒什麼本事，竟開始咬起貓的腳。這下子貓兒們再也受不了，拚命地跳出甕子後，就落荒而逃了！

悅讀寓言

束氏的貓天天吃肉，過得比平常人還好。只是養「貓」千日，方到用時卻一點也沒有用，的確頗令人感到無奈。宋濂對此批評道：「噫！武士世享重祿遇盜輒竄者，其亦狸狌哉！」所以這也是一則諷刺性的寓言，影射那些享受優厚待遇的文官武將，遇到國難時，個個都成了畏鼠逃竄的貓。

宋濂是明朝人，明初，知識份子對於宋朝亡於異族之手的原因，做了很多檢討。他們發現，宋朝那個「大而無用」的軍隊，顯然是主因之一。宋朝的軍隊規模不算小，在全盛時期，光是禁軍就高達百萬。然而朝廷重文輕武，軍隊平素的訓練不足；又君王對在外打仗的武將信任度很低，經常要求將領中央的意見後才能作決策。可想而知，這邊疆到都城，通訊往來之間，有利的戰局可能就轉變為不利。

南宋的名將岳飛的遭遇也是一例。當他在邊境攻打金人，連連告捷之時；宋高宗卻連發十二道金牌，勒令他班師回朝。原因是宰相秦檜在朝中樹立了「主和不主戰」的龐大勢力，而宋高宗聽信秦檜的建言，寧願和金人簽訂不平等條約，也不願讓岳飛放手一搏。從歷史來看，岳飛北伐之時，是南宋最有希望驅逐金人、收復失土的時期；無奈朝野上下懼怕異族勢力的人太多，主和派的意見遂取得壓倒性勝利。這些目光短淺又怕事的官員，與那畏鼠的貓又有什麼兩樣呢？

原文重現

衛人束氏，舉世之物咸無所好，唯好畜

狸狌[1]。狸狌，捕鼠獸也，畜至百餘，家東西之鼠捕且盡，狸狌無所食，饑而嗥，東氏日市肉啖之。狸狌生子若孫，以啖肉故，竟不知世之有鼠；但饑輒嗥，嗥輒得肉食，食已，與與[2]如也，熙熙[3]如也。

南郭有士病鼠，鼠群行有墜瓮者，急從東氏假狸狌以去。狸狌見鼠雙耳聳，眼突露如漆，赤鬣，又磔磔[4]然，意為異物也，沿鼠行不敢下。士怒，推入之。狸狌怖甚，對之大嗥。久之，鼠度其無他技，嚙其足。狸狌奮擲而出。

——明．宋濂《龍門子凝道記》

字義註釋

1. 狸狌：貓。
2. 與與：徐徐而行的樣子。
3. 熙熙：安和的樣子。
4. 磔磔：狀聲詞，形容老鼠的叫聲。

天下無難事——蜀鄙之僧

穿梭時空聽故事

在四川的偏遠地區，住了兩個和尚；其中一個很有錢，另一個則非常貧窮。

一日，窮和尚對富和尚說：「我想到南海去一趟，你看怎麼樣？」

富和尚驚訝的說：「你要怎麼去？」

窮和尚說：「我帶著一個水瓶和一個缽，這就可以上路了。」

富和尚說：「別開玩笑了！我這幾年來想買條船，雇幾個人划船到南海去，卻一直沒辦法如願。你這樣哪有辦法到得了南海呢？」

兩年後，窮和尚從南海歸來，把旅行取經的心得和富和尚說了。富和尚不禁感到十分慚愧。從西蜀到南海，不知道是否有千里的路程呢！然而窮和尚到得了，富和尚卻不能。

由此可見，有心立志做事的人，真該好好地想想兩個和尚的例子啊！

悅讀寓言

故事中的南海，固然可以直接理解為南

方的海域、島嶼或國度，但從對話者是僧侶身份來看，此處之南海應該另有所指。相傳觀世音菩薩在南海普陀山說法，又名南海觀音；因此「往南海」有到遠方取經聞法的意思。

歷史上最著名的跋涉取經案例，非唐代玄奘法師莫屬。佛教經典於東漢代末年傳入中國，歷經數百年發展至唐代時，異說林立的情形愈來愈嚴重。究其原因，還是漢譯佛典不完整的緣故。佛教發源於天竺，天竺與中國間的路途相去千里，原版佛經的抄寫、搬運是一問題，翻譯又是一個問題。玄奘法師發願取經，就是為了解決中國佛教的這種困境。當他往西域出發時，甚至未能及時取得朝廷頒發的護照，因此他旅行的情況非常克難。但他憑著「寧向西天一步死，不願東土一步生」的堅強毅力，最終還是順利抵達天竺，達成畢生的宿願。

近年，世界興起一股旅行潮，「背包客」族群也應運而生。三不五時，我們就會聽見「一千塊環島」、「十萬台幣環遊世界」的壯舉。曾有年輕人，揹著背包，帶著一千塊美金，就大膽的跑去澳洲玩一個月。他是怎麼辦到的呢？原來他抵達澳洲後，先住廉價的旅社，然後到街頭去唱歌彈吉他，一面交朋友一面賺旅費。等認識的人稍微多了，朋友就介紹打工給他，還輪流邀請他到家裡住；於是他省下了不少吃住的費用，賺足了回程的機票錢，還跟著朋友們到處去觀光。正是腿長在自己身上，路是走出來的；若真心想去哪裡，沒有人可以阻止。

原文重現

蜀之鄙[1]有二僧，其一貧，其一富。貧者語于富者：「吾欲之南海，何如？」富者曰：「子何恃[2]而往？」曰：「吾一瓶一鉢足矣。」富者曰：「吾數年來欲買舟而下，猶未能也。子何恃而往！」越明年，貧者自南海還，以告富者。富者有慚色。西蜀之去南海，不知幾千里也，僧富者不能至而貧者至焉。人之立志，顧不如蜀鄙之僧哉？

——清・彭端淑《白鶴堂詩文集》

字義註釋

1. 鄙：邊陲、偏遠之地。
2. 恃：憑藉。

且聽聖人之言——宋人好善

穿梭時空聽故事

從前宋國有戶好善樂施的人家，一連三代都行善不懈。一日，家中的黑牛無故生了頭白牛，宋人便向學識淵博的先生請教此事。先生說：「這是吉兆，你們用白牛祭祀鬼神吧。」

一年後，宋人的眼睛失明了。這時家中的牛又生了頭白牛。宋人又差遣兒子去向先生請教。兒子說：「之前聽先生的話，把白牛當成牲品祭祀，結果弄得您的眼睛都瞎了！現在又要去請教他，這是為什麼呢？」

宋人說：「聖人說的話，經常一開始看起來不太對，但最後都證明是正確的。這事兒我們都還不明白，你就去問問吧！」

兒子便又去向先生請教了。先生仍然說：「這次也是吉兆，你們用白牛祭祀鬼神吧。」兒子回家後，如實地向父親稟報。

宋人說：「就照先生的話去做吧！」過了一年，兒子的眼睛也失明了。

後來，楚國率大軍攻打宋國，把城池團團包圍起來。當時，城裡食糧斷絕，很多人交換兒女，殺了之後用以果腹；也有劈砍屍骸，拿來烹煮的。能打仗的男人都死了，於是老弱婦孺拿起武器，站上城牆，誓死保護家園。

楚王對此非常震怒，攻破城牆後，便把守城的人一個也不饒的殺光了。那對失明的父子，因殘疾而未上城牆，遂保住了性命。等楚軍退走，危機解除後，父子倆的視力竟又神奇的恢復了。

悅讀寓言

孔子曾說君子有三畏，即畏天命，畏大人，和畏聖人之言。「畏」不是害怕恐懼，而是敬畏——尊敬、信任、打從心裡願意奉行的意思。為什麼要敬畏聖人之言呢?因為聖人的眼界、智識和心量，都比一般人來得寬廣而超前；聖人的言行也許一時看來令人難以理解，但時間卻會證明一切。

在禪宗公案中，類似的例子比比皆是。愈是道行高深的禪師，他的做為愈是讓人摸不著頭腦。比如，弟子來請問何謂佛性，有的禪師跳起來拿楞杖打人，有的則回答「喫茶去！」。禪師的回答自然有其深意，弟子必須百分百信任老師的用心，耐心的琢磨那些看似莫名其妙的行徑和話語，等到機緣成熟時，弟子就能了悟。

回到「宋人好善」這則寓言來說。《淮南子》秉持的觀點是「夫福禍之轉而相生，其變難見也」。「難見」是就普通人來說，但聖人就是有辦法預料福禍的變化。據《孔子家語》記載，有一年，齊國的宮殿來了一隻獨腳鳥，齊侯感到很怪異，便向孔子請教這件事。孔子說：「這隻鳥名叫『商羊』，牠是天將降大雨、興洪水的徵兆。你們應該立刻整治溝渠，修提防，做好水患的準備。」齊侯相信了孔子的話，回去後馬上照辦。過沒多久，果然天下起了大雨，河水暴漲。齊國因為事先做了準備，才免去了一場災難。因此，聽聖人言不會吃虧。有時候懂得聽話也是一種福氣的表現。

原文重現

昔者，宋人好善者，三世不解。家無故而黑牛生白犢[1]，以問先生[2]。先生曰：「此吉祥，以饗鬼神。」居一年，其父無故而盲，牛又復生白犢，其父又復使其子以問先生。其子曰：「前聽先生言而失明，今又復問之，奈何？」其父曰：「聖人之言，先忤而後合。其事未究，固試往復問之。」其子又復問先生。先生曰：「此吉祥也，復以饗鬼神。」歸，致命其父。其父曰：「行先生之言也。」居一年，其子又無故而盲。

其後楚攻宋，圍其城。當此之時，易子[3]而食，析骸[4]而炊，丁壯者死，老病童兒皆上城，牢守而不下。楚王大怒。城已破，諸城守者皆屠之。此獨以父子盲之故，得無乘城。軍罷圍解，則父子俱視。

——西漢．劉安《淮南子．人間訓》

字義註釋

1. 白犢：白色的小牛。
2. 先生：對有學問者之尊稱。下文以「先生」為「聖人」，古來稱聖人者，率多意指孔子，故亦有人直譯「先生」為「孔子」。
3. 易子：交換小兒女。
4. 析骸：劈斬屍骸。

學習從按部就班開始——紀昌學射

❁穿梭時空聽故事——

甘蠅是古代數一數二的弓箭手，聽說他只要一拉弓，野獸和禽鳥就緊張地紛紛趴下。甘蠅的弟子名叫飛衛，他向甘蠅學習射箭，後來射箭的本事大大超過了老師。

有個名叫紀昌的年輕人，拜了飛衛為師。飛衛說：「你起碼要先學會不眨眼，才能開始談射箭！」紀昌回家後，天天躺在妻子的織布機下方，看著梭子飛動，練習不眨眼。二年之後，即使飛梭的尖端刺到眼眶，紀昌也都不眨一下眼。於是他便把這學習成果向飛衛報告。

飛衛聽了，又出課題：「這還不夠，還得先學會『看』東西。你若是看到小東西也覺得很大，看細微之物也能清清楚楚了，再來找我。」

為了做「視力」練習，紀昌用氂牛的毛綁了一隻跳蚤，懸掛在窗戶上，每天都遠遠的盯著牠看。十天後，跳蚤看起來似乎愈來愈大；三年之後，細小的跳蚤在紀昌眼裡，竟有如車輪般大而清晰。他再試著看其他的東西，都好像有山丘那麼大。紀昌於是取來裝飾了燕地牛角的弓，和以篷竹做桿的箭，摒息一射，成功地射穿了跳蚤，而絲毫沒有傷到氂牛的毛。他把這件事向飛衛說了，飛衛很高興的說：「恭喜啊！你掌握到射箭的訣竅了！」

悅讀寓言

紀昌向飛衛拜師學藝時，後者要求他要先能「不眨眼」、「清楚的看見小東西」，而後才能學射箭的技巧。這並不算刁難，而是在強調「基本功」之於專業學習的重要性。就像學武術的人，一定要得歷經「站樁」的訓練。這項訓練很吃重，又很耗時，卻不能跳過去不做。站樁的基礎不紮實的人，打拳時腳步會晃，全身的力道也會分配不均衡；再威猛的拳打起來都會像繡花拳。

學書法的人都知道「永字八法」。所謂八法就是點、橫、豎、勾、仰橫、撇、斜撇、捺，漢字的正楷結構皆不出這八種筆畫的組合；熟練八法的運筆技巧，自然就能書寫自如。《法書苑》曰：「王逸少工書十五年，偏攻永字八法，以其八法之勢，能通一切。」王逸少就是東晉的書法家王羲之。以王羲之對書法的造詣，他仍然持續琢磨「永字八法」，可見基礎功的確為一切變化創造的源頭。

古時也有這樣的故事。有個僧人千里迢迢來到一座寺廟，恭敬的向住持和尚請法。住持打量了他一會兒，就扔給他一支掃帚，說：「去掃地吧！」僧人順從的照做了。如此過了幾個寒暑，僧人從單調的掃地動作，慢慢培養起專注力；又因為專注力愈來愈強，他變得不容易打妄念、也不太起煩惱。一日，住持和尚走到僧人身旁，對他說：「明天起不用掃地了，開始讀經吧。」僧人這才恍然明白，原來學佛法的門檻不是別的，正是定力。

立志學習是很理想的，但入門的基礎功，無一例外，都是沈悶枯燥又需要耗費光陰來練習。紀昌學射的故事也許有點誇張，卻也無誤地向後人傳遞了學習的不二法門。

原文重現

甘蠅，古之善射者，彀弓[1]而獸伏鳥下。弟子名飛衛，學射於甘蠅，而巧過其師。紀昌者，又學射於飛衛。飛衛曰：「爾先學不瞬[2]，而後可言射矣。」紀昌歸，偃臥其妻之機下，以目承牽挺[3]。二年之後，雖錐末倒眥而不瞬也。以告飛衛。飛衛曰：「未也，必學視而後可。視小如大，視微如著，而後告我。」

昌以氂懸虱於牖[4]，南面而望之。旬日之間，浸大也；三年之後，如車輪焉。以覩餘物，皆丘山也。乃以燕角之弧，朔蓬之簳[5]，射之，貫虱之心，而懸不絕。以告飛衛。飛衛高蹈拊膺[6]曰：「汝得之矣！」

——列御寇《列子・湯問》

字義註釋

1. 彀弓：彀，ㄍㄡˋ。拉滿弓箭。
2. 不瞬：不眨眼。
3. 牽挺：古時織布機的梭子。
4. 牖：ㄧㄡˇ，窗戶。
5. 簳：ㄍㄡˇ，箭桿。
6. 拊膺：捶打胸脯。

人不能忘本——忘己之麋

穿梭時空聽故事——

有個住在臨江的人，出門打獵時捉到了一隻小麋鹿，便帶回家中豢養。他一進門，家裡飼養的狗，全都流著口水、翹著尾巴迎上來，目不轉睛的看著小麋鹿。主人非常生氣，便出聲嚇走了狗。

從那天起，主人不時抱著小麋鹿，讓狗兒們接近牠、習慣牠；又命令狗不許亂動，讓小麋鹿和狗兒們玩耍。如此過了一段時日，這些狗愈來愈乖巧服順，麋鹿也漸漸忘了自己是麋鹿，還以為狗都是他的好朋友。麋鹿和狗天天都玩在一起，愈來愈親密。狗兒們害怕主人處罰，都表現出和麋鹿友好的樣子，只是暗地裡不時舔著舌頭、吞嚥口水。

三年後，某日，麋鹿走出門外，看見外頭有成群的野狗，便跑過去想和他們嬉戲。野狗們見狀，又怒又興奮，便集結起來咬殺麋鹿，毫不客氣的啃食。麋鹿的毛皮、血肉和骨頭散落在大道上，慘不忍睹。這隻可憐的小動物，到死都不明白自己遇上了什麼事啊！

悅讀寓言

故事中這小麋鹿死得有點冤枉了；牠對狗沒戒心，是後天教育造成的。柳宗元想寄寓的教訓，大概是人不該被環境左右，忘了自己本來的樣貌；有時候，這種疏忽會遭來難以預料的後果。

宋代的文學家司馬光，他有個兒子名叫司馬康。司馬康從小多才多藝、相貌英俊瀟灑；因此司馬光的夫人非常疼愛他，經常讓司馬康穿著華美的衣服，好襯托他的年少光彩。司馬光在一旁看著感到很憂心，於是寫了篇〈訓儉示康〉給兒子。

這篇千古名文，開頭便寫道：「吾本寒家，世以清白相承。」即言司馬氏原本是清寒之家，世世代代的子孫皆做人清白而正直。因為司馬光是清貧起家，所以他從小就不習慣華服；甚至當他科舉中第，參加皇帝設的筵席時，也不願意在身上戴喜花。

和司馬光同年中第的人勸他說：「這是皇上設宴，不可以失了禮節。」司馬光這才勉強戴了一朵喜花。司馬光做了官，家裡的經濟自然好轉，在這優渥的環境中成長的司馬康，很難明白父親年幼時所吃的苦，和藉由勤儉所訓練起來的人格品行。因此，〈訓儉示康〉的用意就是希望兒子能不忘本，記得白手起家的先人，同時也把勤儉當成美德，時時警惕自己。

原文重現

臨江之人，畋[1]得麋麑，畜之。入門，群犬垂涎，揚尾皆來。其人怒，怛[2]之。自是日抱就犬，習示之，使勿動；稍使與之戲。積久，犬皆如人意。麋麑稍大，忘己之麋也，以為犬良我友，牴觸偃仆[3]，益狎。

犬畏主人，與之俯仰甚善，然時啖其舌。三年，麋出門，見外犬在道甚眾，走欲與為戲。外犬見而喜且怒，共殺食之，狼藉[4]道上。麋至死不悟。

——柳宗元《柳河東集》

字義註釋

1. 畋：打獵。
2. 怛：出聲恐嚇。
3. 牴觸偃仆：動物間的碰撞翻滾，形容親密玩耍的樣子。
4. 狼藉：散落無章的樣子。

一步登天有可能嗎？揠苗助長

穿梭時空聽故事

宋國有個種稻的農夫，他很擔憂稻子長不高，便認真思考了很久。最後，終於給他想到辦法了！他捲起袖子下田，把每一株稻苗都拔高了些。

到了傍晚，農夫疲倦地回家對家人說：「今天好累啊！我一直忙著幫助稻苗長高哩！」

農夫的兒子聽了，頓時感到大事不妙，連忙跑到田裡察看。結果原本綠油油的稻苗，這會兒都成了半死不活的模樣了。這都是「拔苗助長」惹的禍呀！

悅讀寓言

這則「揠苗助長」的故事出自《孟子》。某次，公孫丑向孟子請教「浩然之氣」是什麼、如何培養？孟子便以這故事為例，說明欲培養與天理、正義共存的浩然之氣，不能從別人身上偷、也不能操之太急；此乃持之以恆的行正道，日積月累而成的正氣。換言之，欲速則不達。該用十年培養的東西，若想在一夕之間令之長成，那一定會滋生出許多令人遺憾的事端。

在農業的領域中，有個專門名詞叫做「肥害」。顧名思義，就是施肥做成的土地和作物傷害。施肥不就是「餵」作物們營養嗎？怎麼會造傷害呢？原因就在肥料含有氮及其他化學物質，過度施肥會導致土壤變質，或者會使作物因吸收過多的肥料，而在內部殘留硝酸鹽等物質。這些「肥過頭」的作物，若吃進人體內，會造成情節輕重不一的中毒。施肥本是為了保障豐收，但若為了多一點收穫而過度施肥，結果就會適得其反。

萬事萬物都有自己生長、進步的規律，循著軌道按部就班的前進，才是創造雙贏局面、均衡生活的良方！

原文重現

宋人有閔[1]其苗之不長而揠[2]之者，芒芒然[3]歸。謂其人曰：「今日病[4]矣，予助苗長矣。」其子趨而往視之，苗則槁矣。

——戰國．孟軻《孟子》

字義註釋

1. 閔：憂慮。
2. 揠：ㄧㄚˋ，拔高。
3. 芒芒然：疲倦的樣子。
4. 病：疲累。

狹路相逢，勇者勝——次非殺蛟

穿梭時空聽故事

楚國有個勇士，名字叫次非。一日，因緣際會，他在幹遂這個地方得到了一把寶劍。次非返家渡過長江，船行到江中，忽然有兩頭巨蛟自水中冒出，緊緊地纏住了船隻。船上的人無不驚恐尖叫。

次非問船夫：「你見過被巨蛟攻擊而還能平安回返的船嗎？」

船夫瑟瑟發抖地說：「沒見過哩！」

次非於是伸展手臂，脫去了上衣，拔出寶劍大喊：「這身軀也不過就是腐肉朽骨罷了！放著寶劍不用，還奢望性命能保全，這哪裡是我樂見的呢？」語畢，便提起寶劍跳入江中，與巨蛟搏鬥。好不容易殺死了這兩頭禍害，才又回到船上。就這樣，次非救了一整船人的性命。

楚王聽聞了這件事之後，便賞賜官位給次非，嘉獎他的勇氣。孔子聽了，也讚嘆地說：「大難當前，不因脆弱的血肉之軀而放棄用劍，除了次非還有誰能這麼英勇呢？」

悅讀寓言

古時行船最怕遇到水難，因為這種恐懼心理，許多能操縱水流、破壞船隻的神話怪物，也就慢慢的滋生出來。故事中的巨蛟大約也是這類的水怪。

寓言有其虛構性，但其中寄寓的人生道理卻真實無比。和次非同船的人，在渡江時遇到了超乎想像的巨蛟。人的力氣在凶猛的水怪之前，顯得非常渺小；在這種情況下，因恐懼而退卻是人的本能反應。衝上前與巨蛟搏鬥或許會喪命，若只是害怕的在船上縮成一團，等在前頭則必然只有滅亡的命運。次非遂提起寶劍，忘卻血肉之軀的渺小和恐懼，跳入江中與巨蛟相搏。因為他相信自己的力量，置死生於度外，那一線生機就讓他給牢牢地握住了。

有些人在遇到事情的時，他能清楚的知曉該怎麼做好、最符合人情義理；因為他如此清楚明白，一些利害得失，乃至生死存亡，就都無法動搖他的心。

傳說大禹到南方巡視，在渡過江河時，有條巨龍突然竄出來，把大禹乘坐的船捲起來，又高高的抬起。所有的人都驚慌失措，但大禹卻仰天長嘆，說：「我依循天意為民治國，死生本有定數，區區一條龍有什麼好害怕的呢？」聽到大禹這番話，龍竟垂下頭，慚愧地離開了。通達義理的人，能不為外物所惑。連生死都看得透徹，自然也就能身心安住，活得自在。

原文重現

荊[1]有次非者，得寶劍於幹遂[2]。還反涉江，至於中流，有兩蛟夾繞其船。次非謂舟人曰：「子嘗見兩蛟繞船能活者乎？」船人曰：「未之見也。」次非攘臂袪衣[3]，拔寶劍曰：「此江中之腐肉朽骨也！棄劍以全己，余奚愛焉！」於是赴江刺蛟，殺之而覆上船。舟中之人皆得活。荊王聞之，仕之執圭。孔子聞之曰：「夫善哉！不以腐肉朽骨而棄劍者，其次非之謂乎？」

——秦・呂不韋《呂氏春秋・覽部》

字義註釋

1. 荊：指古代楚國。
2. 幹遂：地名，位於今江蘇省吳縣。
3. 攘臂袪衣：袪，ㄑㄩ。伸出手臂，褪去上衣。
4. 執圭：官位。

品德篇

居上位者應知的避諱——公儀休辭魚

穿梭時空聽故事

公儀休做了魯國的宰相後，他愛吃魚這件事就流傳了出去，百姓和官吏便爭相送魚給他。不過，任誰送來新鮮肥美的魚，公儀休一概都推卻了。

他的學生問：「您一向喜歡吃魚，為什麼不大方收下呢？」

公儀休回答：「正因為我愛吃魚，所以不能收這些贈禮啊！如果我因為收了這些魚，被人說有賄賂之嫌而丟了官，往後即使我再怎麼嘴饞，也很難給自己買到魚了。現在我不收這些魚，清清白白地保住官位，又何愁不能常常給自己買魚呢？」

悅讀寓言

公儀休是戰國時期魯國人，貴族出身，曾做官至宰相。故事中，公儀休這種「正因為愛吃魚，所以絕對不收人家送的魚」的論調，給人一種大智慧的詼諧感。正所謂「小心駛得萬年船」。因此《淮南子》才會給他下了一句「此明於為人為己者也」的評語。「為人」是維護公眾的權益，「為己」是保障自身的權益；天下的事有時候就是這麼弔詭，凡是「為人」的事，經常到頭來，利益都會回到自己身上，成了「為己」之事。反過來講，若打從一開始就只懂得「為己」，那結果就真的禍福難料了。

《史記》在〈循吏列傳〉中，曾記錄了幾則公儀休的軼事。「循吏」就是奉公守法、清廉正直的官吏；公儀休既然名在其列，他當然也就是出了名的清官。他清廉到什麼程度呢？《史記》說他「使食祿者不得與下民爭利，受大者不得取小」。用直截了當的話來說，公儀休認為有權勢、享俸祿的人都是「既得利益者」，若再跟平民百姓爭那麼一點小便宜，那未免太失厚道了。

公儀休不是唱高調而已，實際上也以身作則。據聞，他的家中若種出甜美的青菜，公儀休就會命人把那菜圃的菜清理掉。他若見到家裡的女僕織出美麗的布匹，就叫人把織布機燒掉。公儀休是這麼想的：若家中的菜好吃，他就不會去消費農人種的菜；若家裡就有好布，不必向外頭買，那些織布女工不就少了一個顧客？俸祿都是民脂民膏，拿俸祿的人，就要把這些錢用在百姓的身上，而不該用來創造「自給自足」的條件。公儀休實踐清廉之道竟可以做到這種地步，歷史上這種人還真是不多見呢！

原文重現

公儀休[1]相魯而嗜魚，一國[2]獻魚，公儀子弗受。其弟子諫曰：「夫子嗜魚，弗受何也？」答曰：「夫唯嗜魚，故弗受。夫受魚而免於相，雖嗜魚，不能自給魚；毋受魚而不免於相，則能長自給魚。」

——劉安《淮南子・道應訓》

✿字義註釋

1. 公儀休：戰國時代的魯國名臣。
2. 一國：一整國的人。

牛牽到北京還是牛——紀侯好狙

穿梭時空聽故事

從前，紀國的君王十分喜歡彌猴，便聘請來馴養猴子的專家，調教這些頑皮的動物。一位名叫脫土的馴猴師，他仿照人的模樣，給彌猴戴上層疊的高冠，穿上繡著彩霞的衣裳和有鸞鳳花紋的鞋。在脫土的訓練下，彌猴的動作舉止與人無異，叩拜、站立或跪坐，也是人模人樣。脫土暗自掂量，以為彌猴已經調教完成，便進獻給紀侯賞玩。

紀侯看了彌猴的表演後非常高興，便拿起酒杯，倒酒給彌猴喝。這猴子咕嚕咕嚕喝乾了一杯酒，突然凶性大發，丟了酒杯、撕裂了身上的華服，跳著跑出去了。

猴子就是猴子，即使裝扮成人的模樣，內在的本質也不會有改變，遇到一點突發狀況就原形畢露了啊！

悅讀寓言

人們常說「真的假不了」，反過來講就是「假的很難真」。訓練過的猴子，穿上冠袍，能維妙維肖的模仿人。然而在華貴的衣服和受過訓的動作下，猴子的心依舊是猴子。古來流傳的怪譚中，有不少講妖怪原形畢露的場景。鬼怪故事雖屬妄談，但內在的構造原理乃為現實社會的翻版。遇到「照妖鏡」而現出原形的精怪，基本上和這寓言中的猴子有點像。欲「以假亂真」的終局，往往證明了「假的很難真」的道理。

臺灣民間有則講傻女婿的笑話。從前有戶富人把女兒嫁給了大商人的獨子。這女婿雖然有得是錢，長得也還過得去，只可惜他傻呼呼的，經常講出不得體的話。一日，岳父要過六十大壽，傻女婿要出門去拜壽前，妻子交代說：「今天我爹過大壽，你講話要多帶點『壽』字，討個吉祥。千萬別說錯話了！」

傻女婿記住了妻子的叮嚀，一進到岳父家就大喊：「恭祝壽比南山！」他吃個桃子就說：「這壽桃真美味」。岳父又驚又喜，以為傻女婿終於不傻了，便喚他坐到身邊來喝酒。傻女婿端著酒杯要敬岳父時，一不小心把酒灑到對方身上，他連忙拿出手巾邊擦邊說：「唉呀！我怎麼把爹的壽衣給弄髒了！」接著，他笨手笨腳的又把裝糕餅的木盒子弄掉了，便說：「糟糕！這壽材怕是被我弄壞了！」一連「壽衣」、「壽材」的，岳父差點沒被這傻女婿氣昏。臨陣磨槍或許能裝裝樣子，但骨子裡的文化素養卻是裝不來的。狀況一多，就容易露出馬腳，這也是無奈何的事呀！

原文重現

昔紀侯好狙猴[1]，使狙師教焉。狙師脫土，肖人[2]貌飾之，冠九山之冠，衣結霞之衣，躡文鸞之履。升降周旋[3]，人也；拜立坐跪，人也。狙師度可用，進紀侯。紀侯觀之樂，舉觴觴焉。狙飲已，竟跳擲裂裳遁去。蓋狙，假人貌飾形也，其心狙也，因物則遷。

——明・宋濂《宋文憲公全集》

✤字義註釋

1. 狙猴：狙，ㄐㄩ。彌猴。
2. 肖人：按照人的模樣。
3. 升降周旋：站立、坐下和轉身，即動作舉止之意。

夏蟲豈可語冰——井底之蛙

❖穿梭時空聽故事——

某村莊外有口水很淺的廢井，井底住了隻青蛙。一日，青蛙見從東海來的大鱉走過，便熱情的打招呼；寒暄之餘，就炫耀起自己的住處。

「我是多麼地快樂呀！」青蛙說：「我每天在井欄上跳著散步，跳累了就回到脫磚的井壁上休息。跳進水裡游泳，水剛好漫到胳膊彎下，輕輕拖起我的頭；踩或者著井底的泥，泥巴剛好沒到腳背上。看看那些赤蟲、小甲蟹和蝌蚪，都沒有我這麼愜意！我佔據著這灘淺水，獨享擁有這口井的快樂。世上還有比這更美好的事嗎？請你務必也進來賞光一下！」

大鱉聽青蛙說得如此誘人，就走到了井邊。不料，牠左腳還沒踏到井底，右腳就被絆住了。大鱉連忙後退幾步，對青蛙說起大海的景象。

「朋友，你見過大海嗎？大海之大，以千里的長度還不足以形容它的廣闊；八千尺那樣的高度，也不足以名狀它的深度。大禹時代，十年內發生九次大洪水，但大海的水量沒有因此而暴增；商湯時代，八年內曾有過七次嚴重旱災，大海的水位也沒有因此而降低。東海的水量不會隨著時間而變化，也不會因為雨水多寡而暴增暴減。要我說的話，這種恆常的安定感，就是住在東海的快樂啊！」

青蛙最初驚訝的合不攏嘴，後來又露出悵然若失樣子。看來，牠是明白了居於淺井之中與身處東海之廣，是難以相提並論的吧！

悅讀寓言

我們都知道「井底之蛙」是形容人見識淺薄而無知的樣子。不過，莊子說這個故事還有另一層用意，他想指出以「小」去瞭解「大」是不可能的。滿足於淺水井的青蛙，若未遇到住在東海的大鱉，牠會以為普天之下沒有比那口淺水井更舒適的地方了。所以，莊子說「井蛙不可以語於海者，拘於虛也；夏蟲不可以語於冰者，篤於時也」我們沒辦法和井底青蛙談大海，因為牠對空間的認識只限制在一口井的大小；我們也很難對夏天的蟲說明什麼是冬天，因為夏蟲對季節的認識，被牠短暫的壽命侷限了。

從前在宋國有個種田的人，冬天時，家裡只有勉強可保暖的衣物。等春天到來，天氣暖和了，這農夫躺在大石頭上曬太陽，曬著曬著，他真心覺的這世上沒有比曬太陽更好的享受了！於是，他對妻子說：「世上的人都不知道曬太陽的樂趣。妳看著吧！我要把這祕訣獻給君王，他一定會重賞我！」

有個富人聽到後便說：「曾經有人以為野菜是天下唯一的美味，就對鄉里的有錢人大肆炫耀。有錢人吃了一口，就吐了出來，埋怨對方讓他吃到這種東西。你的想法就跟這誇耀野菜的人沒有兩樣！」

曬太陽沒有什麼不好，野菜也有可口之處；只是窮人不理解富人的生活水平。他不知道富人住的是溫暖的屋子，穿得是厚實的大衣，吃的則是山珍海味；野人之所美，富人很難欣賞。所謂「曾經滄海難為水」，以小去瞭解大，以大去遷就小，這都是很為難的事情。

原文重現

子獨不聞夫埳井[1]之鼃[2]乎？謂東海之鱉曰：「吾樂與！出跳梁乎井幹[3]之上，入休乎缺甃[4]之崖；赴水則接腋持頤[5]，蹶泥則沒足滅跗[6]；還視蚈蟹與科斗，莫吾能若也。且夫擅一壑之水，而跨跱[7]埳井之樂，此亦至矣。夫子奚不時來入觀乎！」東海之鱉左足未入，而右膝已縶[8]矣，於是逡巡[9]而卻，告之海曰：「夫千里之遠，不足以舉其大；千仞之高，不足以極其深。禹之時十年九潦[10]，而水弗為加益；湯之時八年七旱，而崖不為加損。夫不為頃久推移，不以多少進退者，此亦東海之大樂也。』於是埳井之鼃聞之，適適然[11]驚，規規然[12]自失也。

——莊周《莊子．秋水》

字義註釋

1. 埳井：埳，ㄎㄢˇ，淺水之井。
2. 鼃：同「蛙」字。
3. 井幹：幹，ㄏㄢˊ。井邊的欄杆。
4. 甃：甃，ㄓㄡˋ。井壁，以磚砌成。
5. 接腋持頤：形容入水時，水漫到腋下，浮起頭顱的樣子。
6. 跗：ㄈㄨ。腳背。
7. 跨跱：佔據。
8. 縶：ㄓˊ。絆住，活動困難。

9. 逡巡：逡，ㄑㄩㄣ。向後退的樣子。

10. 潦：水災。

11. 適適然：驚慌的樣子。

12. 規規然：若有所失的樣子。

身教重於言教——曾子殺彘

穿梭時空聽故事

一日，曾子的妻子打算去市場買點東西，小兒子卻跟在後頭哭哭鬧鬧。

曾子的妻子於是哄著小兒子說：「乖，不哭，不哭。你好好回家去，等我回來了，就殺頭豬給你吃。」孩子信以為真，果真乖乖待在家裡了。

曾子的妻子買完東西回家後，看到曾子拿起屠刀打算宰家裡的豬。她連忙阻止丈夫說：「何必呢，我只是跟孩子說著玩的！」

曾子說：「妳是說著玩的，但孩子可是很認真的。小孩生來並不是什麼都知道，他是跟著父母學、聽父母的教導才慢慢懂事的。妳今天哄騙他，就是在教他欺騙。妳欺騙了孩子，他以後就不信任妳，這哪有辦法談什麼教育呢？」

說完，曾子便殺了豬，烹煮給孩子吃。

悅讀寓言

《說文解字》曰：「信，誠也，从人言。」雖說人言為信，但「信」的概念最初還是來自大自然的變化規律。地球上日出日落、春夏秋冬的現象，是恆常不變的。人們在深冬裡冷得瑟瑟發抖時，總是會知道春天不遠了。為什麼人們能如此確信呢？因為大自然的季節變化從來不曾「失約」，永遠對萬物守信。既然天道恆信，人類的文明也就懂得效法天道，把「信」當成重要的美德。

在故事中，曾子為了教會兒子「守信」，連豬都捨得殺。我們常看到做父母的，為了制止小孩吵鬧，就故意裝出嚇唬的表情說：「再吵警察就會來抓你！」當然警察不會為了種事抓小孩，父母注定言而無信。久而久之，孩子容易積累出不信任感。

從前大兵法家孫武曾向吳王闔閭獻兵法書，吳王想試試這套兵法是否真的有用，孫武便自願為他訓練女兵。女子軍隊在當時是聞所未聞的事，吳王大感好奇，便派了兩隊宮女給他。孫武任命吳王的兩名寵妃當隊長，開始申明軍隊的紀律，擊鼓演練。可想而知，這些宮女嬪妃都不把孫武的話當一回事，嘻嘻哈哈的鬧成一團。經過訓誡後，成效還是不彰，孫武於是依軍令將兩名隊長斬首。

吳王見愛妃即將被斬，急忙派人阻止。孫武以「將在外，君命有所不受」為由，還是將兩名女隊長法辦了。自此之後，宮女們再也不敢嬉鬧，一支紀律嚴謹的軍隊順利的訓練完成了。軍令如山，若非靠威嚴和守信，就難以約束成員龐雜的軍隊。從曾子為了守信而為子殺豬，到孫武為了軍信而殺嬪妃；「信」在古人的品行認知中，的確佔了相當重的份量。

原文重現

曾子之妻之市，其子隨之而泣。其母曰：「女[1]還，顧反為女殺彘[2]。」妻適市來，曾子欲捕彘殺之。妻止之曰：「特與嬰兒[3]戲耳。」曾子曰：「嬰兒非與戲之也。嬰兒非有知也，待父母而學者也，聽父母之教。今子欺之，是教子欺也。母欺子，子而不信其母，非所以成教也。」遂烹彘也。

——韓非《韓非子・外儲說左上》

字義註釋

1. 女：同「汝」，做代名詞「你」之意。
2. 彘：ㄓˋ，豬。
3. 嬰兒：小孩兒。

徒具好禮之名的迂腐——假階救火

穿梭時空聽故事——

趙國成陽堪的家裡著火了，家人想滅火，卻苦於沒有梯子可以用，便急忙叫兒子向奔水氏商借。成陽朒於是穿上體面的衣裳，穩重而從容地出門。

成陽朒見到奔水氏後，先是拱手行禮，而後緩步進到屋堂，安靜的坐在西面的柱子間。奔水氏命令僕人設宴接待，很客氣的招呼成陽朒吃肉喝酒。客人於是站起身來舉杯喝酒，也回敬了主人一杯。

喝完酒後，奔水氏問：「敢問先生，今日蒞臨寒舍有何指教？」

成陽朒說：「上天降禍於我家，祝融肆虐，火勢愈燒愈烈。家人想從高處灌水滅火，但苦於身上沒長翅膀，只好望火興嘆。聽說您有可以登高的梯子，是否能借我一用？」

奔水氏大驚，蹺著腳說：「哎呀！您也太迂腐、太迂腐了！在山裡吃飯時遇到老虎，一定是吐掉飯菜趕緊逃命；若在溪畔洗腳遇到鱷魚，一定是連鞋也來不及穿就趕緊逃跑！房子正在被火燒著，您哪裡還有作揖行禮的時間啊！」

說完，奔水氏就扛上梯子，氣急敗壞的往成陽家跑去。然而等他趕到時，成陽家的屋子早已燒毀了。

悅讀寓言

成陽朒的「朒」字，本指農曆月初的月亮，後引申為不足、有虧缺的樣子。宋濂給主人公取了這樣的名字，可能意有所指。成陽朒的確是彬彬有禮；只可惜他不懂得看時機做變通，便給了人迂腐的印象，這就是他有所缺憾之處。

生活中總是有顧不上禮節的時候。古人最初在制訂禮儀時，依據的是天道和人性；只是隨著時間發展，禮儀遂加入了許多文化、名分、階級的概念，這才變得繁瑣起來。古語說「有禮能走天下，無禮則寸步難行」；禮的確在漢人心目中佔了很重的份量，有時甚至變相，成了一種束縛。

魏晉南北朝時，曾有過禮教和自然之爭。人應順從禮教的規範，還是率性自然的好呢？在阮籍看來，禮教一文不值，他只在乎性情的自然流露。據說阮籍和母親的感情很好；當母親過世時，他的表現完全像個「狂人」。某日裴楷前去弔唁，阮籍一點都沒遵守喪家禮節的意思，他看起來酒還沒醒，又披頭散髮、一臉茫然。裴楷灑了點淚，靜靜的點香，說了些致哀的話，便離開了。旁人問裴楷說：「按照禮法，主人要先哭，來客才能哭。阮籍既然沒有哭，你又為什麼要哭呢？」裴楷說：「阮籍是方外之人，本來就不看重禮法；但我們是俗人，得按規矩行事，所以我就做我就做的了。」

阮籍因為悲傷而不想管什麼禮法，但裴楷是去弔唁的人，依循禮法對他而言比較妥當。權衡之下，的確各自表現、各自盡哀比較明智。「禮」本來就有合理、合宜的意思，阮籍與裴楷的故事，倒也展現了另一種思考的方式。

原文重現

趙成陽堪，其宮火，欲滅之，無階可升，使其子朒假於奔水氏。朒盛冠服委蛇而往，既見奔水氏，三揖而後升堂，默坐西楹間。奔水氏命儐者設筵，薦脯醢[1]觴朒。朒起執爵啐酒[2]且酢[3]主人。觴已，奔水氏曰：「夫子屈臨敝廬，必有命我者。敢問！」朒方白曰：「天降禍於我家，鬱攸[4]是崇，虐焰方熾，欲緣高沃之，肘弗加翼，徒望宮而號。聞子有階可登，盍乞我！」奔水氏頓足曰：「子何其迂也！子何其迂也！飯山逢彪[5]，必吐哺而逃；濯溪見鱷，必棄履而走。宮火已焰，乃子揖讓時也！」急舁[6]階從之，至則宮已燼矣。

——明・宋濂《燕書》

字義註釋

1. 薦脯醢：進呈肉乾、肉醬。
2. 執爵啐酒：啐，ㄘㄨㄟˋ。拿起酒杯，嚐一口酒。
3. 酢：ㄗㄨㄛˋ。賓客以酒回敬於主人。
4. 鬱攸：火災。
5. 彪：老虎。
6. 舁：ㄩˊ，扛。

對於品學兼優的期許——天理與良心

穿梭時空聽故事——

光天化日之下，有兩個人站在路旁，爭罵得臉紅脖子粗。

「你沒天理！」一個人說。

「你更沒天理！」另一個人說。

「你沒良心！」對方不甘示弱的罵回去。

「你更沒良心！」被罵的人也氣勢洶洶的回嘴。

有一對師徒經過，老師便對學生說：「你聽啊！這兩個人說得一口好學問。」

學生疑惑的問：「他們不是在吵架嗎？怎麼說是講學呢？」

老師回答：「他們一句天理、一句良心的，這不是講學問是什麼？」

學生又問：「既然是講學問，為什麼會吵得這麼兇呢？」

老師說：「你看當今講道義之學的人，經常見了點利益就大打出手，有幾個是真正在講天理、良心的呢？」

這則諷刺意味濃厚的詼諧寓言，流傳有另一個版本。某日，明代理學家王陽明和學生們一同在街上散步。他見到二個人在對罵，左一句「你沒良心」，右一句「你沒天理」，互不甘示弱。王陽明說：「聽！這兩個人在講學哩！」學生不解的問：「既是講學，又怎會互相對罵呢？」王陽明說：「簡單啊！因為他們只知道反省別人，不知道反省自己。」

《笑得好》的版本調侃講學者遇到利益糾紛時，再大的學問也都拋到九霄雲外去，如同凡夫一般爭得臉紅脖子粗。另一個版本則借王陽明之口，揶揄講學者只知反省別人的天理良心，卻不知關照自己的天理良心。不論是那個版本，他們一致想強調的就是道德學問必須要能實踐、做人們的榜樣，不該流於空談。

古代所謂的學問和現代不太相同。古人注重的是道問之學，且須實踐才算數。影響所及，直到今日這種德學並重的觀念還普遍留存著。比如當我們稱讚一個人，說某某真是「學識淵博」，這樣的稱讚都會伴隨著品格的期待。如果做學問只是積累和開發知識，並不需要有品格作背書；正因為中國人長期以來，把學問與對倫理道德、性命之學的體悟劃上等號，所以才會有崇尚「品學兼優」的觀念。

有學問必有德，有德就必須行；因此德行很重要。朱熹說過這樣一句話：「德行，得之於心而見於行事者也。」意思是心底掌握了天理良知的義理，其言行舉止就該徹底實踐。很有趣的，德行這個詞本身就有二種用法；一是褒，另一是貶。假若講道義之學的人，不能示範美好的德行，反而表現出令人難以恭維的「德行」，那就本末倒置了！

原文重現

兩人途中相罵，彼曰：「你沒天理。」此曰：「你更沒天理。」彼曰：「你喪良心。」此曰：「你更喪良心。」有師徒過路聞之，謂徒曰：「汝聽這兩人講得好學1。」徒曰：「這等爭罵，何為講學？」師曰：「說天理，說良心，豈非講學？」徒曰：「既講學，為何爭罵？」師曰：「你看而今講道學的人，見了些須微利，就相爭相打，何曾有個真天理良心的？」

——清．石成金《笑得好》

字義註釋

1. 好學：好學問。

巧詐不如拙誠——樂羊食子

穿梭時空聽故事

當中山國率兵侵犯魏國時，樂羊被魏國宰相推舉為大將，領兵應戰。很不巧的，樂羊的兒子是中山國的將領之一；中山國將他兒子高高吊起來，以此威脅樂羊。樂羊不為所動，繼續指揮軍隊強攻猛打。

中山國於是使出殘忍的手段：他們殺了樂羊的兒子，將屍骸烹煮成肉羹，派人送去給樂羊。結果，樂羊默默的吃了一大碗。中山國見樂羊的決心如此堅定，便也打消了幾分久戰的意圖。過沒多久，樂羊順利地攻下了中山國，替魏文侯開拓了疆土。魏文侯表面上獎賞樂羊的戰功，心底卻開始懷疑他的為人。

又有一日，魯國國君孟孫打獵時，捕獲了一隻小鹿，就命令秦西巴把獵物帶回宮裡。一路上，母鹿尾隨在後，哀傷地鳴叫。秦西巴見了很不忍心，便放了小鹿。孟孫知道後非常生氣，因此放逐了秦西巴。

一年後，孟孫又把秦西巴召回宮廷，讓他擔任太子的老師。左右臣子見狀，不解地問：「秦西巴冒犯了君王，是有罪的，為什麼讓他來做太子的老師呢？」孟孫回答：

「他連一頭鹿都不忍心傷害，又怎會忍心傷害我兒子？」

常言道：「巧詐不如拙誠」。樂羊建立了功勳，反而招來懷疑；秦西巴觸怒了君王，後來卻得到信任。這就是仁與不仁的差別！

悅讀寓言

讀完這故事，我們也許想要為樂羊說幾句話。敵方把樂羊之子烹成肉羹，這消息想必在軍中引起了騷動；樂羊若打算豪氣的喝一大碗，用以穩定軍心，這也是情有可原。《封神演義》寫西伯昌遭囚禁時，妲己唆使紂王把西伯昌的兒子殺了做成餡餅，送去給西伯昌，用以測試他的忠誠。西伯昌為了保命，含淚吃下三個餅，還叩謝君王賞賜。樂羊食子是為了國家和功勳，西伯昌則是為了保命。所謂「虎毒不食子」，還不到萬不得已的地步，樂羊卻把食子當成一種軍事策略；這就是他失去魏文侯的信任的原因。

據聞春秋時期，齊國也發生過類似的故事。某日齊桓公戰勝歸來，喟嘆說：「天下的山珍海味都吃過了，唯獨沒吃過人肉！」他的近臣易牙聽到後，竟回去把兒子殺了，烹製成菜餚，進獻給齊桓公。後來齊國的宰相管仲打算引退時，曾交代齊桓公，易牙這個人不可信任。因為易牙竟然能為君王的口腹之欲殺子，他連親生兒子都不愛，又怎會敬愛君王呢？可惜，齊桓公沒聽進忠臣良言，仍然重用了豎刁、易牙這類品德有缺陷的人。結果三年後，當齊桓公南遊之時，豎刁和易牙便發起了政變。齊桓公在被圍困中飢渴而死，整整三個月都無人前來收屍。

用人要看才能，但仁德也很重要。畢竟普天之下無迫不得已之理由，而敢食子、烹子的人，還真找不出幾個哩！

原文重現

樂羊為魏將，以攻中山[1]。其子在中山，中山懸其子示樂羊。樂羊不為衰志，攻之愈急。中山因烹其子而遺[2]之，樂羊食之盡一杯。中山見其誠也，不忍與之戰，果下[3]之，遂為魏文侯開地。文侯賞其功而疑其心。孟孫獵得麑，使秦西巴持歸。其母隨而鳴，秦西巴不忍，縱而與之。孟孫怒逐秦西巴。居一年召以為太子傅，左右曰：「夫秦巴有罪於君，今以為太子傅，何也？」孟孫曰：「夫以一麑而不忍，又將能忍吾子乎？」故曰：「巧詐不如拙誠」，樂羊以有功而見疑，秦西巴以有罪而益信；由仁與不仁也。

——西漢．劉安《說苑．貫德》

字義註釋

1. 中山：國名，春秋時期的小國。
2. 遺：送。
3. 下：攻下。

教育的原點——擇人而樹

穿梭時空聽故事

陽虎出了點事故，得罪了衛國，便北上對趙簡子吐苦水：「以後我再也不要栽培人才了！」

趙簡子問：「為什麼呀？」

陽虎說：「現在宮廷裡的人，有一半以上都是我提攜的；在朝廷中做官的，有一半以上是我拉拔的；在邊疆領軍的，也有一半以上是我栽培的。結果呢，那些在宮廷的，整天對國君說我的壞話；在朝廷做官的，老是陷我於危險之境；那些在邊疆的，竟帶著軍隊來追擊我！」

趙簡子說：「賢明的學生懂得報恩，不肖的學生只知道報怨。栽種桃樹和李樹的話，夏天可以乘涼休憩，秋天可以豐收果實。要是種了蒺藜，大熱天沒得乘涼不說，要採收果實還會被它的刺扎到。你栽培的是蒺藜，不是桃李啊。從今以後，你選擇賢善之材來栽培吧。別花心血栽培了，才開始分辨賢善還是不肖！」

陽虎是魯國人。魯國的朝政素來由三桓（季孫氏、叔孫氏、孟孫氏）共掌；陽虎最初運用權謀得到了季孫氏的信任，進而把持朝廷。但好景不長，陽虎在與卿大夫的鬥爭中落敗，逃到齊國後，又輾轉流落到晉國。晉國的大夫趙鞅，很中意陽虎的才幹，便將他留下來作幕僚。

不過如此看來，陽虎的確是品德有點問題的人。據《孔子家語》記載，當孔子聽到趙鞅收留陽虎時，曾說了句重話：「趙氏一門遲早會遇到禍事！」

趙鞅的近臣也紛紛勸諫：「何必留任這樣的人呢！」

趙鞅卻只是笑笑的說：「我知道陽虎善於竊取政權，但只要我站得穩，他就沒有機會作亂。」趙鞅就憑著這強大的自信心，任用陽虎推行一連串的政策改革。

過一陣子後，陽虎果然故態復萌，又開始在「檯面下」活躍起來。一日，趙鞅把陽虎找去，遞給他一個摺子，上面細細的記錄了陽虎貪污的金額和擅權之活動。陽虎當場嚇得冷汗直流，此後便收斂了行徑，一心一意幫趙鞅處理政事。這正是亂臣遇到強勢的主子，也只得退卻三分。

故事中說的「樹人」和孔子作育英才不同。陽虎所做的其實就是安插人馬，用以壯大自己的勢力。正因他動機不良，來依附、求他提拔的，也多是懷有目的的人。用這種方式栽培出來的「門生」，當然不懂得尊師重道，不是聯合起來彈劾他，就是暗地裡排擠他。擇善者而栽培之，就是桃李滿天下；而建立在利害之上的師生關係，終究無法久長。「陽虎樹人」就是一則栽培人才的負面示範。

原文重現

陽虎[1]得罪於衛，北見簡子[2]曰：「自今以來，不復樹人矣。」簡子曰：「何哉？」陽虎對曰：「夫堂上之人，臣所樹者過半矣；朝廷之吏，臣所立者亦過半矣；邊境之士，臣所立者亦過半矣。今夫堂上之人，親郤[3]臣於君；朝廷之吏，親危臣於眾；邊境之士，親劫臣於兵。」簡子曰：「唯賢者為能報恩，不肖者不能。夫樹桃李者，夏得休息，秋得食焉。樹蒺藜[4]者，夏不得休息，秋得其刺焉。今子之所樹者，蒺藜也，非桃李也。自今以來，擇人而樹，毋已樹而擇之。」

——西漢・劉安《說苑・復恩》

字義註釋

1. 陽虎：一名陽貨。春秋時期魯國權臣，後投奔晉國，為趙簡子幕僚。
2. 簡子：趙簡子，原名趙鞅，為晉國的名臣。
3. 郤：同「卻」，排擠、排除之意。
4. 蒺藜：一年生草本植物，莖漫生於沙地，果實帶刺。

道近則易從——曲高和寡

穿梭時空聽故事

某日楚國熱鬧的郢都城中，來了位擅長歌唱的旅人。大家都圍著他，期待能聽到幾首好歌。

一開始，旅人清了清喉嚨，唱起「下里」、「巴人」。這些歌曲都很通俗，所以城裡和著拍子、一起大聲唱的，有千人之多。而後旅人唱起「陽阿」、「薤露」這類有點難度的歌謠時，城裡能跟得上、還一起唱的，大約有數百人。

當他唱起冷僻又有難度的「陽春」、「白雪」時，能一同唱和的只剩數十人。最後，旅人使出渾身解數，唱出無與倫比的藝術歌曲時，能聽得懂還一起唱的，只剩寥寥數人。

歌曲愈高雅，藝術境界愈深，能跟著唱和的人也就愈少啊！

悅讀寓言

故事中所說的「下里」、「巴人」，就是俚俗的民歌，或相當於我們現在說的流行歌曲；而「陽春」、「白雪」就是藝術歌曲了。有些人對於西洋的古典歌劇望之卻步，但即使是歌劇也有難易之分。比如莫札特的《魔笛》、威爾第的《茶花女》，這些都是很普及的、大家耳熟能詳的曲目；但若說到華格納《尼布龍根的指環》，曾聽過曲名的人就少了，曾仔細聽完全劇的人更少。這部歌劇包含了四部曲，總長度超過十六小時；內容從英雄、神話、愛情故事到哲學、宇宙觀等無所不包，可謂是艱深中的艱深。

唐代的詩人白居易，曾以寫作「老嫗能解」的詩自勉。比起寫深澀的詩，他更希望自己的詩能讓群眾欣賞。比如〈夜雪〉就是首淺白清新的作品。詩云：「已訝衾枕寒，復見窗戶明；夜深知雪重，時聞折竹聲。」這是說半夜因寒冷而睜開眼睛，才剛知下了場雪，卻又聽到竹子折斷的聲音，心裡便明白：「啊！這場雪原來下得不小啊。」〈夜雪〉所寫的，是人人都能懂的情感和經驗，又用字淺白，自然就容易普及。

另一位唐代的詩人陸暢，也寫過入夜逢雪的詩。詩云：「怪得北風急，前庭如月輝。天人寧許巧，剪水作花飛。」（〈驚雪〉）比起〈夜雪〉，這首詩把飛雪的視覺美，形容成是仙人剪水而成的片片飛花。詩中的藝術性提升了些，所以鑑賞的門檻也就提升了。不過，兩首詩雖然難易不一，但都是好詩。

大眾藝術和小眾藝術，並沒有優劣與否的問題。前者把普遍的情感和事物，化為簡單易懂的美麗形式；後者專注於深奧的美與體悟，將之化為獨特且深刻的作品。不論是哪一種，只要有人能從中獲益，它就是人類文明的瑰寶。

原文重現

客有歌於郢中者，其始曰《下里》、《巴人》，國中屬而和者數千人；其為《陽阿》、《薤露》[1]，國中屬而和者數百人；其為《陽春》、《白雪》，國中屬而和者不過數十人；引商刻羽，雜以流徵[2]，國中屬而和者不過數人而已。是其曲彌高，其和彌寡。

——西漢・劉向《新序》

字義註釋

1. 薤露：薤，ㄒㄧㄝˋ。古代的送葬歌曲。

2. 引商刻羽，雜以流徵：商、羽、徵為古音律名。此意為講究聲律、藝術精湛的演奏。

有陰德者，天報以福——孫叔敖打兩頭蛇

穿梭時空聽故事

一日，孫叔敖高興地出門遊玩，回家後卻滿臉憂愁，飯菜、茶水都不碰。他的母親覺得很奇怪，便問兒子遇到了什麼事。

孫叔敖哇一聲地哭出來，抽泣地說：「今天我在郊外看到長了兩個頭的蛇，我恐怕就快要死了……。」

母親問：「那條蛇在哪裡？」

孫叔敖說：「我聽人家說，看到兩頭蛇的人會活不久。我怕別人會跟我一樣不幸看到，就打死了蛇，把牠埋起來了！」

母親安慰孫叔敖說：「孩子，不用擔憂。積陰德的人，上天一定會賞賜福報給他。你做了一件好事，老天不會讓你死的。」

這件事傳出去之後，鄉里的人都當成美談，津津樂道。後來孫叔敖當上楚國的宰相時，還沒開始正式治理國事，人人卻早已相信他會是賢明的官吏。

悅讀寓言

小孩雖然不諳世事，但從行為表現來

看，卻足以預料他將來長大會是什麼樣的人。孫叔敖是如此，謝安也是如此。

謝安是東晉的宰相，他小時候就聰明溫厚，很得長輩的疼愛。謝安的兄長謝奕出任剡縣的縣令時，有位老者犯了罪，謝奕不想施太重的刑罰，就罰老者喝烈酒。他讓老人家一杯又一杯的喝，直到酩酊大醉了，還不肯讓他停止。當時謝安年約七歲，他坐在兄長的腳邊，仰頭求情說：「哥哥，這老伯看起來很可憐，為什麼還要繼續處罰他？」謝奕一聽，嚴峻的臉色立刻鬆緩，便依了弟弟的求情，放老翁回家。因為謝安從小就宅心仁厚，所以當他出任宰相時，朝廷的人都感到很安心，對他寄予了厚望。

另一個相反的負面案例，是秦二世胡亥。有一次秦始皇設宴置酒款待群臣，胡亥當時還是公子，他和兄弟數人一起出席了這個宴會。宴會結束，眾公子們都規規矩矩的行禮，依次退出會場；唯獨胡亥走下臺階時，看到大臣們整齊排放的鞋子，就上前去用力踩踏，弄得亂七八糟後又像個沒事人般的離去。大家看到這種情形，暗地裡都忍不住嘆氣。後來胡亥登上皇位時，群臣便知道秦朝難以久安。

從小處可觀大處，從小孩平時生活的言行，就可以判斷他能不能擔當重任，這是古人留下的「觀人智慧」之一。比起信任聰明人，我們總是更願意信任仁慈的人；小孩的品德教育，真的是遠比什麼都重要。

原文重現

孫叔敖之為嬰兒[1]也，出遊而還，憂而不食。其母問其故，泣而對曰：「今日吾見兩頭蛇，恐去死無日矣。」其母曰：「今蛇安在？」曰：「吾聞見兩頭蛇者死，吾恐他人又見，吾已埋之也。」其母曰：「無憂，汝不死。吾聞之：『有陰德者，天報以福。』」人聞之，皆諭[2]其能仁也。及為令尹，未治而國人信之。

——西漢・賈誼《新書》

字義註釋

1. 嬰兒：小孩兒。
2. 諭：知曉。

為了真理所付的代價——和氏之璧

穿梭時空聽故事

春秋時代有一名楚國人，名字叫卞和。他在楚山中找到一塊未曾雕琢璞玉原石，他將此獻給楚厲王，於是厲王便命令雕琢玉石的工匠來鑑定，玉匠卻說：「石也。」也就是判定這塊玉石只是一塊石頭。

於是厲王認為卞和是個騙子，便判他刖刑，叫人砍掉他的左腳。等到厲王去世，武王繼位後，卞和又將此璞玉獻給武王，武王亦命玉匠鑑定，那位玉匠又說：「這是石頭。」想當然爾，武王又把卞和當成騙子，又判處刖刑，這次命人砍斷了他的右腳。

待武王去世，文王即位，卞和仍然不死心，於是在楚山下抱著那塊璞玉痛哭。文王知道了這件事後，讓人去問他是什麼原因。

使者問說：「天下被砍去腳的人多了，你為什麼哭得這麼傷心呢？」

卞和說：「我不是為砍腳而悲傷，我悲傷的是寶玉被人說成是石頭，忠貞的人被說成是騙子，這才是我悲傷的原因。」

於是楚文王就讓治玉的匠人雕琢那塊蘊藏着玉的石頭，竟真的從中得到一塊美玉，這塊美玉就被命名為「和氏之璧」。

悅讀寓言

故事中的卞和為國獻寶都被砍斷左腳。待新王繼位，拖着傷殘之軀再次晉獻。結果又被砍去右腳。從此卞和雙腿盡殘，每日仰天大哭。稀世寶璧被認為是石頭，然而，百姓卻把卞和看成是瘋子。幾十年後，楚平王繼位，得知此事命工匠把這塊石頭打開，發現是一塊罕見的美璧，價值連城。後來知名的「完璧歸趙」的故事即指此璧。

所以歷史上真理被接受總要走一段很艱辛而曲折的路。每當真理出現的時候，總是只有一部分人能夠認識並堅持。「和氏璧」這個故事後來流傳很廣，也被一些人用來表達那種懷才不遇的心情。

事實上，很多時候只憑著主觀認定而做出來的判斷，可能使我們錯失許多可貴的機會；這樣的教訓，在古今中外的歷史上不勝枚舉。世間千里馬未必少了，但伯樂卻難得。

原文重現

楚人和氏得玉璞楚山中，奉而獻之厲王，厲王使玉人相[1]之，玉人曰：「石也。」王以和為誑[2]，而刖[3]其左足。及厲王薨[4]，武王即位，和又奉其璞而獻之武王，武王使玉人相之，又曰「石也」，王又以和為誑，而刖其右足。武王薨，文王即位，和乃抱其璞而哭於楚山之下，三日三夜，泣盡而繼之以血。王聞之，使人問其故，曰：「天下之刖者多矣，子奚哭之悲也？」和曰：『吾非悲刖也，悲夫寶玉而題之以石，貞士而名之以誑，此吾所以悲也。』王乃使玉人理其璞而得寶焉，遂命曰：「和氏之璧。」

——《韓非子》

❖ 字義註釋

1. 相：鑒定。
2. 誑：欺騙。
3. 刖：斷足，古代的肉刑。
4. 薨：古代諸侯死亡叫「薨」。

學無止境的道理──薛譚學謳

穿梭時空聽故事──

薛譚向秦國著名的歌者秦青學習歌唱，不過一段時間，也尚未學完秦青的技藝，他就覺得沒什麼好學了，於是就向秦青告辭要回家了。

秦青並沒有勸阻他，在薛譚要離去的時刻，秦青在城外大道旁為他餞行，秦青打著節拍，高唱悲歌。他的歌聲深深振動了森林的林木，迴響止住了高空流動的行雲。薛譚聽了老師的歌唱，認識到自己的歌藝僅得皮毛，感到慚愧，於是請老師原諒，留下來繼續學習、深造。從此以後，薛譚再也沒有提出過回家的事。

秦青對他的朋友說：「從前韓國的韓娥到東邊的齊國去，因為糧食用盡了，在經過齊國城門雍門時，韓娥便在那賣唱乞討食物。雖然她走了，但是雍門還有餘音繞著中樑，三日不停，旁邊的人還以為她人沒有走呢。她住客棧時，客棧的人輕言侮辱她。韓娥因此放聲哀哭，整個里弄的老小都因此而悲傷愁苦，相互垂淚以對，三天都吃不下飯。因此里弄的人趕緊去把追她回來。等到韓娥回來後，又放聲歌唱。整個里弄的老小歡喜跳躍拍手舞蹈，不能克制自己，全忘了剛剛的悲傷了。里弄的人於是給了她很多錢財打發她走。所以雍門那兒的人，至今還善於唱歌表演，那都是效仿韓娥留下的歌唱技藝啊！」

悅讀寓言

世人觀察事物，判斷是非，因為要受視角、思維定式、人生經歷、身處環境、身居地位等諸多要素的影響或約束，獲取印象和做出的結論，就相互出入很大，於是人們各執己見，各述己論，莫衷一是。

讀書也同此理。人們同讀一本書，各有各自的解讀方法，各有各自的讀後聯想。這個故事說明了學習必須虛心、持之以恆、不能驕傲自滿、半途而廢。

從薛譚自認學成要求返，秦青並不是用勸阻的方式，而是用「事實」來說服他，就可發現秦青是個高明、有真才實學的老師，真正的道理是從實際生活中抽象出來的。而薛譚有兩個可取之處：一他並沒有不告而別；二他迷途知返，都是一些基本的學習態度。

「人因自覺而成長，因自滿而墮落。」在學習時應該虛心求學，千萬不可驕傲自滿，以免抱撼！

原文重現

薛譚學謳[1]於秦青，未窮[2]青之技，自謂盡之，遂辭歸。秦青弗止[3]。餞於郊衢[4]，撫節[5]悲歌，聲振林木，響遏行雲。薛譚乃謝[6]求反[7]終身不敢言歸。秦青顧謂其友曰：「昔韓娥東之齊，匱糧，過雍門，鬻歌假食。既去，而餘音繞梁欐，三日不絕，左右以其人弗去。過逆旅，逆旅人辱之。韓娥因曼聲哀哭，一里老幼。悲愁垂涕相對，三日不食。遽而追之。娥還復為曼聲長歌，一里長幼，喜躍抃舞，弗能自禁，忘向之悲也。乃厚賂發之。故雍門之人至今善歌哭，效娥之遺聲。」

——《列子．湯問》

字義註釋

1. 謳：唱歌。
2. 窮：盡，完。
3. 弗止：沒有勸阻。
4. 餞行於郊衢：在城外大道旁給他餞行。
5. 撫節：打著節拍。
6. 謝：道歉。
7. 反：通「返」，返回。

以德報怨——梁亭夜灌瓜

❖穿梭時空聽故事

梁國的邊境，有位叫宋就的大夫在那兒當縣令。這個縣和楚國的郡縣相鄰，且雙方的兵營都種了大片的瓜田。梁國的士兵勤於澆水除草，所以他們的瓜長得又大又美。楚國的士兵懶惰而疏於灌溉，他們的瓜長得又小又醜。

楚國邊境的縣令嫉妒對邊的瓜長得美，就派人每晚去翻掘人家的瓜田，梁國的瓜於是漸漸地枯死了。梁國兵營察覺了楚國的惡作劇，便向營長報告，還打算也每晚偷偷去破壞楚國的瓜田。營長又把這件事告訴了宋就。

宋就搖頭說：「唉，這怎麼可以呢？人與人一旦結怨，就是種下禍端的開始。人家對不起你，你也準備對不起人家，這心胸也太狹窄了！照我教你們的去做吧。從現在開始，你們每晚都去楚國的瓜田幫忙澆水，而且不能讓對方知道。」

就這樣，梁國兵營的人便每晚偷偷到楚國的瓜田做「義工」，楚國士兵在白天巡視瓜田時，常常發現每株瓜都澆過水了。沒多久，楚國的瓜長得愈來愈漂亮。楚人心裡感到很奇怪，便躲在暗處觀察，這才發現原來是梁國兵營幫的忙。

楚國邊境的縣令知道這件事之後，感到非常高興，便向楚王報告。楚王聽了，心中湧起一陣慚愧，下令說：「去調查一下破壞梁國瓜田的是誰！看看他們有沒有做了其他對不起人家的事情。」接著楚王又準備了豐厚的禮物，請人轉交給梁王，並表達自己的歉意。從此之後，楚王時不時就稱讚梁王，梁王則認為楚王是可以信任的人。說起來，楚、梁兩國的交好，都是宋就的功勞啊！

悅讀寓言

這個故事最精彩的地方，就是宋就說出「人惡亦惡，何褊之甚也」這句話。他指責了「以牙還牙」是心胸狹窄的行為。

印度流傳的佛陀故事，其中有個故事是這麼說的：某日佛陀對弟子說法時，有個外人走進來，朝佛陀的臉吐了口痰。弟子們先是驚訝，等反應過來後，不禁火冒三丈。他們對佛陀說：「老師，請允許我們去教訓這個狂徒！」佛陀說：「你們為什麼要這麼憤怒？他只是對我吐痰，我沒有受傷，你們卻準備去傷害他。他已經做錯事了，而你們也準備讓自己犯錯嗎？」「以牙還牙」看起來很合情理，但實際上只是讓人做出更多不理智的事。

曾經有人問孔子，「以德報怨」是不是正確的行為？孔子回答說，應當「以直抱怨，以德報德」。意即與其對做錯事的人施恩，還不如用正直的態度對待他。孔子倒不是認為不該以德報怨，而是他很在意能否導正錯誤行為這件事。

《了凡四訓》曾寫道：明代的呂文懿公辭官回鄉後，很受鄉里的人愛戴。但有一天，一個醉漢走到他面前，罵了一大串難聽的話。呂公沒放在心上，告訴僕人說：「不需要跟喝醉酒的人計較。」一年後，這個醉漢犯了死罪，被關入牢獄等候發落。呂公於是感到一陣懊悔。他想，當時要是給這醉漢一點責罰，這個人也許會以此為戒，不至於在日後犯下滔天大罪。

看來，什麼情況該「以德報怨」，什麼情況該「以直抱怨」，這也是需要用智慧判斷的。

原文重現

梁大夫宋就者為邊縣令，與楚鄰界。梁之邊亭[1]與楚之邊亭皆種瓜，各有數。梁之邊亭劬力[2]而數灌，其瓜美。楚窳而希灌[3]其瓜惡。楚令固以梁瓜之美怒其亭瓜之惡也，楚亭惡梁瓜之賢己，因夜往竊搔梁亭之瓜，皆有死焦者矣。梁亭覺之，因請其尉，亦欲竊往報搔楚亭之瓜。尉以請，宋就曰：「惡！是何可？構怨，禍之道也。人惡亦惡，何褊[4]之甚也。若我教子，必每暮令人往，竊為楚亭夜善灌其瓜，勿令知也。」於是梁亭乃每夜往竊灌楚亭之瓜，楚亭旦而行瓜[5]，則此已灌矣。瓜日以美，楚亭怪而察之，則乃梁亭也。楚令聞之，大悅，因具以聞楚王。楚王聞之，赧然愧，以意自閔[6]也。告吏曰：「征搔瓜者，得無有他罪乎？此梁之陰讓也。」乃謝以重幣，而請交於梁王。楚王時則稱說，梁王以為信，故梁楚之歡由宋就始。

——西漢‧劉向《新序》

字義註釋

1. 邊亭：駐紮在邊境的兵營。

2.劬力：勤勞努力。

3.窳而希灌：窳，ㄩˇ。怠惰而鮮少灌溉。

4.褊：ㄅㄧㄢˇ，狹窄。

5.行瓜：巡視瓜田。

6.自閔：暗自感到憂心。

樂師的眼光——良桐

穿梭時空聽故事

工之僑是善於製作琴的工匠。有一天，他得到一段材質良好的桐木，便拿起刀斧又削又砍，做成了一張琴。他試著彈了彈這張琴，發覺琴音鏗鏘響亮而優美，可能是把天下數一數二的好琴。工之僑於是把琴獻給了朝廷裡的太常。

太常讓宮廷中的樂師輪流來看這把琴，然而樂師們卻說：「這琴不是古琴！」說完就退還給了工之橋。

工之僑回家後，拜託專門給樂器上漆的師傅，請他在琴身上漆出不規則的斷紋；又去拜託雕刻文字的師傅，讓他們雕鏤出古雅的文字和花紋。如此「加工」之後，工之橋把琴放在盒子裡，埋到地底下。

一年後，工之僑把琴挖出來，抱著它到市場去找買家。有個權貴正好路過，他只看了一眼，就立刻用一百金買了來，然後當成寶物獻給朝廷。朝廷的樂師輪流欣賞這把琴，忍不讚嘆地說：「真是稀世的珍寶啊！」

這件事傳到了工之僑耳裡，他長長地嘆氣說：「唉，世道真是悲哀啊，這又何只是一張琴的遭遇而已！大概每件事都是這樣吧。我若不趁早為自己做打算，就得和這世道同生共死了！」於是他收拾行囊，隱居到很偏僻的深山中，再也沒有人知道他的消息。

悅讀寓言

以前有首老歌，歌名叫〈現在流行什麼〉。「現在流行什麼？」歌詞裡反覆唱著這個問句。「流行」沒有太深的道理，也不見得是對的，它就是多數的品味。流行所標榜的價值，有時候會迷惑人們的眼睛和心靈，讓真誠的東西被外表的裝飾埋沒了。

假如現在流行的是「古風」，那可以想見，什麼東西就都得帶點「古裡古氣」才會受歡迎；反之，則可能乏人問津。工之僑的琴就是遇到了「崇古」的窘境。明明是難得的好琴，卻因為「弗古」，就被退貨了。工之橋在琴身下了點功夫，把它「整容」成古琴後，不但賣了高價，宮廷裡的樂師也點頭承認這是件稀世奇珍。這把琴「變身前」和「變身後」的音質，並沒有變化，不同的只有琴的外表；然而它的前後的際遇，卻落差如此之大。

國外曾有支化妝品廣告上演過這樣的橋段：一個純樸的女孩鼓起勇氣，向心儀的男孩告白；但男孩嫌棄她不假修飾的外表，冷冷地拒絕了。女孩於是買了化妝品，又添置了時髦新衣，搖身一變為讓人目不轉睛的可人兒。男孩注意到女孩的轉變，竟主動來邀她吃飯，百般殷勤。女孩抬高了自己身價，卻也瞭解了男孩的心；最後她留下嫣然一笑，就轉頭離開了。

有時候，個人很難和一整個社會所崇尚的價值做對抗。然而，真金不怕火煉；與其附庸風雅，坦率的做自己，也能開創獨樹一幟的人生。

原文重現

工之僑得良桐焉。斫[1]而為琴，弦而鼓之，金聲而玉應，自以為天下之美也，獻之太常[2]。使國工視之，曰：「弗古。」還之。工之僑以歸，謀諸漆工，作斷紋焉；又謀諸篆工，作古窾[3]焉；匣而埋諸土。期年出之，抱以適市。貴人過而見之，易之以百金，獻諸朝。樂官傳視，皆曰：「希世之珍也！」工之僑聞之，嘆曰：「悲哉世也。豈獨一琴哉？莫不然矣。而不早圖之，其與亡矣。」遂去，入於宕冥之山，不知其所終。

——明．劉基《郁離子》

字義註釋

1. 斫：ㄓㄨㄛˊ，以刀或斧削砍。
2. 太常：宮廷中掌管禮樂的官吏。
3. 古窾：窾，ㄎㄨㄢˇ，縫隙。指刻鏤出古典的花紋。

為自己發聲——鴝鵒效言

穿梭時空聽故事

南方出產一種特殊的鳥，人們稱之為「八哥」。南方人抓到八哥後，稍微加以訓練，牠就能模仿人說話。但八哥的模仿能力，僅限數句而已；於是牠一整天反反覆覆說的，就只是那幾話。

有一天，蟬在庭院的樹上大聲地鳴叫。八哥聽到了，便嘲笑起蟬的叫聲。蟬打量了八哥幾眼，便說：「你能學人說，這的確是很厲害。不過你說的那些話，其實跟沒說是一樣的。這哪裡比得上我呢？我可是按照自己的意思，自由地鳴唱哩！」

八哥聽了慚愧的低下頭，從今以後，竟再也不學人語。

悅讀寓言

故事裡的這隻蟬，真不是普通的嚴厲。八哥整天學人語，也算是說了不少話；但蟬卻認為八哥跟「沒說話」差不多。因為八哥說的都是模仿來的語言，真正出自本心而發的話，看來是一句也沒有。

古代有「天下文章一大抄，依照前人畫

葫蘆」的說法，可見抄襲也不是現代資訊社會的特產。「依樣畫葫蘆」的典故出自宋人魏泰所寫的《東軒筆錄》。據聞，宋朝建國之初，宋太祖留用了一位五代的遺臣，名為陶穀。宋太祖不太喜歡這個人，但陶穀學問大、文筆好，就暫且把他安置在翰林苑。陶穀其實是有政治野心的，無奈太祖不太重用文臣，一些看起來才能不如他的人，官位卻愈做愈高。陶穀心裡很難受，便向太祖毛遂自薦，說自己這幾年在翰林院效力實多，請求提拔云云。太祖笑著說：「我聽說翰林院在起草製策，都是抄抄前人的文字，改改幾個詞語罷了。我倒看不出你有什麼『效力實多』！」陶穀覺得自己被羞辱了，就在翰林院的牆壁上題詩發洩。詩曰：「官職須由生處有，才能不管用時無。堪笑翰林陶學士，年年依樣畫葫蘆。」宋太祖知道這首挖苦的詩之後，就更不想重任陶穀了。

古代文人寫正經的文章時，按規矩，多少都得抬出三皇五帝或四書五經；若因此被認為是沒創意，似乎也有點委屈。不過，宋代有群「江西詩社」的人，倒是堂而皇之的「抄襲」，還給這手法取了名字，名曰「奪胎換骨」、「點鐵成金」。比如，梅堯臣的詩「南隴鳥過北隴叫，高田水入低田流」，他們就改成「野水自添田水滿，晴鳩卻喚雨鳩來」，然後當成了自己的作品。這種作法也有其趣味性，祇是剽竊的成分太大，所以一直被後人詬病。既然都要寫詩了，就直抒胸臆，道真性情，豈不好哉？不管怎麼說，抄襲就是「複製」，這對於人類文明的進展實在用處不大啊！

原文重現

鵃鵅[1]之鳥出於南方，南人羅而調[2]其舌。久之，能效人言，但能效數聲而止，終日所唱，惟數聲也。蟬鳴于庭，鳥聞而笑之。蟬謂之曰：「子能人言，甚善；然子所言者，未嘗言也，曷[3]若我自鳴其意哉！」鳥俯首而慚，終身不復效人言。

——明・莊元臣《叔苴子》

字義註釋

1. 鴝鵒：ㄑㄩˊㄩˋ。即俗稱之八哥鳥。
2. 調：訓練。
3. 曷：何。

專注才是一箭中的關鍵——常羊學射

穿梭時空聽故事

聽說屠龍子朱是很了不起的神射手，於是常羊便前去向他拜師學藝。屠龍子朱打量了一下這個學生，說了個故事給他聽。

「你想瞭解射箭之道嗎？從前，楚國的君王在雲夢大澤打獵，他命令管理人先放出各種動物，自己再拉弓瞄準目標。一開始，管理員放出了一批禽鳥；接著鹿從楚王的左邊跑過去，麋則從右邊奔馳而過。楚王正要放出第一枝箭時，又有隻大天鵝貼著豎起的旗幟而過，牠雪白的大翅膀看起來就像天邊的雲。」

「楚王拉著弓，箭在弦上，但他被弄糊塗了，不知該射哪一隻動物才好。這時善於射箭的養叔，就上前對楚王說：『陛下，臣射箭時，若在百步的距離外只放一片葉子，則射十發箭必中十發。若是同時放上十片葉子，那還能不能如此百發百中，我就不太確定了。』」

悅讀寓言

偶爾可以見到，日本的弓箭練習場貼著

「一箭入魂」的書法。「入魂」就是專注不二，這句話的意思是「傾注精力與專注力的一箭」。在比賽時，實力同等的弓箭手之間，往往較量的就是專注力與意志力，失之分毫結果就差之千里。在故事中，楚王迷惑了，不知道該將「矛頭」對準哪一頭動物，這就是犯了射箭的大忌。三心二意的箭就算射了出去，不但很難命中目標，也無法鍛鍊射箭人的精神品質，簡直就是白白浪費一箭。

聽說種碧玉西瓜的瓜農們，為了促銷農產品，曾聯合起來辦了個「撿西瓜」活動。活動規則很簡單，參賽選手必須在時間內，挑一顆自己認為最重的西瓜。選手可以邊找邊換西瓜，但是不可以往回走。當比賽開始的哨音一響，場邊的人都看得到，瓜田內的選手的舉動很有意思。有人邊走邊張望，頻頻更換手上的西瓜；有人同時抬起二顆西瓜，皺著眉頭掂量孰輕孰重。有些人雙手環胸，把田裡的西瓜都看了遍，然後手腳飛快的抓起他中意的那一顆，直奔終點。那場的撿西瓜冠軍，就誕生於這群眼明手快的人當中。懂得判斷西瓜重量的經驗或許很重要，但那份毫不猶豫的自信和專注，想必也是致勝的關鍵之一。

專一而後能成，這不只是射道，也是普遍的為學要訣。荀子在〈勸學〉中，提過一種叫做鼫鼠的動物。鼫鼠是農家的眼中釘，牠們好於啃食作物，往往造成巨大的收穫損失。古人說鼫鼠有五種技能，看似高明，但牠能飛躍卻飛不上屋子，能攀爬卻爬不到樹頂，能游泳卻不能過大河，能挖洞卻挖不到足以藏身的大小。最後，牠很能走，卻走得不比人快多少。這就是「鼫鼠五技而窮」，好像什麼都會，卻每種都只會一點點。「只懂皮毛」的世界和「達人」的世界，不論是樂趣或者是生命的體悟，都差距非常大。不為別的，這正是我們取後者，不取前者的理由！

原文重現

常羊學射於屠龍子朱，屠龍子朱曰：「若欲聞射道乎？楚王田於雲夢[1]，使虞人[2]起禽而射之。禽發，鹿出於王左，麋交于王右，王引弓欲射，有鵠拂王旃[3]而過，翼若垂雲。王注矢于弓，不知其所射。養叔[4]進曰：『臣之射也，置一葉於百步之外而射之，十發而十中；如使置十葉焉，則中不中非臣所能必矣。』」

——明．劉基《郁離子》

字義註釋

1. 雲夢：即雲夢大澤，此處專門為為楚王的狩獵地帶。
2. 虞人：掌管山林、畋獵和畜牧之事的官。
3. 旃：ㄓㄢ，旗子。
4. 養叔：春秋時楚國的大夫，以善於射箭而著名。

人生百態篇

人為不己，鮮己——蛛與蠶

✿穿梭時空聽故事——

有隻蜘蛛看到蠶在忙碌的吐絲，便忍不住挖苦牠：「你之前整天都埋頭在吃，現在又只顧著吐絲，把自己包裹起來。再過不久，那養蠶的婦人就會把你扔進沸滾的水中，一根根的抽取繭包的絲。你就這樣喪失了身軀和性命！如此看來，你那吐絲結繭的招數固然巧妙，卻正好是造成自己喪命的原因。這會不會太蠢了啊？」

蠶抬頭對蜘蛛說：「我看起來的確像是在自取滅亡，不過呢，我吐的絲全都被織成五彩的布匹。從天子的龍袍，到文武百官的華麗衣裳，用得都是我輩的絲！倒是你，肚子餓了就開始打主意，把嘴裡吐出的絲織成又黏又密的網。你坐在中間，等著路過的蚊子、蒼蠅、蜜蜂或蝴蝶『觸網』，來者一律毒殺用以飽腹。你這吐絲捕食的方式也是很巧妙，但你於心何忍啊！」

蜘蛛瞇起眼睛說：「所謂為人著想，就像你；為自己打算，就像是我吧。」

哎呀，不過，這世上願意當蠶而不當蜘蛛的人，真是不多呢！

蠶吐絲的本意是給自己造個殼，如此才能避過天敵，安全的蛻變成蛾。但很不巧，牠的絲被發現能織出上等的布，又有人想出了煮繭抽絲的方法；從此，蠶再也難以「壽終正寢」。這樣短暫的、「為人做嫁」的一生，在蜘蛛看來像個笑話。然而蠶以龍袍、錦衣「孰非我為」，做為自己生存的價值，這不可不謂勇敢！反觀蜘蛛，一樣是吐絲，結的卻是取他者性命的網。一個是為了他人奉獻自己，一個是只為自己活下去；這心量的寬與狹，立見分明。

俗諺說「人不為己，天誅地滅」，這說的是人的本能。古來聖賢談品德修養，講求的就是「逆的覺醒」。順性就是順著人的慾望本能，那當然就沒機會談什麼仁義禮智了；所以人必須逆著自己的欲望本能，與起一種覺醒，如此人才能異於禽獸，培養出道德觀。不過，在存亡的關頭，要人們「為人不為己」，這真的是很大的考驗。

日本作家芥川龍之介，曾寫過名為〈蜘蛛的絲〉的短篇小說。小說寫道：印度有個十惡不赦的大盜名叫犍陀多，他死後墜入阿鼻地獄，受盡各種可怕的刑罰。佛陀聽見犍陀多的哀嚎聲，祂想起犍陀多曾有一念之仁，放了蜘蛛一條生路。於是佛陀就往地獄垂下了一根發亮的蜘蛛絲。犍陀多馬上攀住那根絲，拼命的往上爬。不過，其他人也看到這根細絲了，他們爭先恐後的想要往上爬。犍陀多害怕蜘蛛絲斷掉，便吆喝著把那些人趕下去。結果就因著犍陀多的自私，蜘蛛絲啪地就斷了。罪人們又跌回了阿鼻地獄。「為己」雖然是人的本能，但人終究還是得學著「為人」，才能走出寬闊豁達的境界。

原文重現

蛛語蠶曰：「爾飽食終日，以至於老，口吐經緯[1]，黃白燦然，因之自裹。蠶婦操汝，入於沸湯，抽為長絲，乃喪其軀。然則，其巧[2]也，適以自殺，不亦愚乎？」蠶答蛛曰：「我固自殺，我所吐者遂為文章[3]。天子龍袍，百官錦衣，孰非我為！汝乃空腹而營，口吐經緯，織成網羅，坐伺其間。蚊蠅蜂蝶之見過者，無不殺之而以自飽。巧則巧矣，何其忍也！」蛛曰：「為人謀則為汝，自為謀寧為我。」嘻！世之為蠶不為蛛者寡矣夫！

——明・江盈科《雪濤小說》

字義註釋

1. 經緯：縱橫交織。
2. 巧：指吐絲結繭的巧思。
3. 文章：色彩斑斕。

在骨氣和性命的天平兩端——不受嗟來食

穿梭時空聽故事

春秋時代，某年齊國發生大饑荒，糧食缺少，不少人因而餓死。當時，齊國有位名叫黔敖的富翁，便想借著賑災來提高自己的名望地位。於是，在路邊擺放食物，給過路的飢民來吃。

有天，一位神情枯槁的人，步伐蹣地自山中走來，只見他以破爛的衣袖遮掩著臉，腳穿著破草鞋，柱著拐杖，搖搖晃晃，好似要不支倒地般。黔敖坐在車上，左手拿著食物，右手捧著水壺，相當傲慢地對著那人喊道：「喂！拿去吃吧！」他心想那人聽到之後大概會喜極而泣吧！

出乎意料地，那人不但未露歡喜之情，反而像忘了飢餓般，直腰挺胸，放下遮臉的手，用輕蔑的眼光怒瞪著黔敖：「我就是不吃人家用這種態度賞我飯，才會淪落到這般田地。」說完，掉頭就走。

而這番話對黔敖來說，不啻是當頭棒喝，使他對自己的行為感到羞慚，急忙追上那人，當面誠心道歉，懇求他接受那些食物。但是，那人竟然傲骨凜然地執意不肯接受，並悻悻然地離開。在他走後不久，便倒地餓死了。

悅讀寓言

「不食嗟來之食」這句名言就出自這個故事，是說為了表示做人地骨氣，絕不低三下四地接受別人地施捨，哪怕是讓自己餓死。

中國傳統尤其看重做人要有骨氣，用通俗的話來說，人活的是一口氣，即使受苦受難，也不能少了這口氣。還有一些類似的說法，比如人窮志不短，不如寧為玉碎不為瓦全，都表示了對氣節的看重，對尊嚴的強調。

故事最後寫曾子對餓者的評語，他一方面肯定餓者在受到無理對待時，可以不失骨氣，但也批評他過度偏執。從而可見曾子對禮的態度是有彈性的。如處在餓者立場，應該要懂得權衡斟酌情況是否改變，只要守住根本禮法，不必偏執、鑽牛角尖到犧牲生命。

陶淵明晚年的詩作〈有會而作〉即表達出與此則故事中的餓者不同態度。詩說：「弱年逢家乏，老至更長饑。菽麥實所羨，孰敢慕甘肥！惄如亞九飯，當暑厭寒衣。歲月將欲暮，如何辛苦悲。常善粥者心，深念蒙袂非。嗟來可足吝，徒沒空自遺。斯濫豈攸志，固窮夙所歸。餒也已矣夫，在昔余多師。」

意思是年少時家境貧困，年老了，更常挨餓。生活中只要有豆麥可溫飽就已心滿意足，哪敢奢望有肉食美味。自己缺衣缺食，又遇上年老、歲末，心中真是有無限悲涼苦味。常念著像黔敖這類施粥人的善心好意，深覺餓者不該拒絕。「嗟來之食」沒什麼可恥、可憾恨的，總比白白餓死要好。他的志願不是要做「窮斯濫」沒有操守的小人，而是做「固窮」的君子。

陶淵明在這首詩中要表現的是他處於飢寒的狀態，但自己仍能守志固窮，不失操守，既不為名利所驅，也不為榮辱而捨生就死。

原文重現

齊大饑，黔敖為食於路[1]，以待餓者而食之[2]。有餓者蒙袂[3]輯屨[4]，貿貿然[5]來。黔敖左奉食，右執飲，曰：「嗟！來食。」揚其目而視之，曰：「予唯不食嗟來之食，以至於斯也。」從而謝[6]焉；終不食而死。曾子聞之曰：「微[7]與？其嗟也可去，其謝也可食。」

——《禮記．檀弓》

字義註釋

1. 為食於路：準備食物擺在路旁。
2. 食之：提供食物，給人東西吃。食，音ㄙˋ。
3. 蒙袂：一般認為是用袖子蒙著臉，怕被人認出。袂，音ㄇㄟˋ。
4. 輯屨：非常疲累，所以拖著腳步，邁不開步子。屨，音ㄐㄩˋ。
5. 貿貿然：眼睛看不清的樣子，指無精打采之意。
6. 謝：道歉。
7. 微：非，不對之意。

緩不濟急——涸轍鮒魚

穿梭時空聽故事

莊周因為家境貧寒，生活拮据，於是在飢寒交迫之下，他不得不向監河侯開口借糧。

監河侯和莊周說：「行，我即將收取封邑之地的稅金，等到收到之後，我打算借給你三百金，好嗎？」

莊周聽了之後，當下臉色一變，非常不高興地說：「我昨天來的時候，有聽到一個聲音在半道上呼喚我。我回頭看了一下，原來在路上車輪輾過的小坑窪，有條鯽魚在那裡掙扎。於是我問它：『鯽魚，你在幹什麼呢？』鯽魚回答：『我是東海水族中的一員。你能否給我一點水，讓我能活下來。』我對它說：『行啊，我將到南方去遊說吳王越王，到時請他們引來西江之水來迎接你，可以嗎？』這時鯽魚變了臉色生氣地說：『我失去賴以生活的環境，沒有安身之處。眼下我能得到一升半斗的水就可以活下來了，而你竟說出這樣的話，還不如早點到魚乾店裡找我好了！』」

悅讀寓言

鮒魚向莊子求水，正如莊子向監河侯借粟。一條魚只要斗升之水就可以活命，實在不必引西江之水，同樣的道理，莊子只要一些米糧就可以活命，用不著三百金。

監河侯馬上答應要借莊子食物，正如莊子很慷慨地要給鮒魚水，表面雖然答應，事實上卻缺乏誠意，監河侯吝嗇推拖，要等到得邑金，就好比莊子去遊說吳越之王，變數既多，又不知道什麼時候才能成事，鮒魚還沒等到西江水來前早就乾死了，正如莊子還沒等到監河侯得邑金前早就餓死了。因此鮒魚忿然作色，莊子便以「索我於枯魚之肆」設喻，透過鮒魚的寓言表達他的氣憤。

在故事中一方面可見莊子的貧困境況，同時又諷刺了世人的勢利。我們可以說監河侯不知民間疾苦，才會像晉惠帝說出「何不食肉糜」一般，提出如此緩不濟急的承諾。一個見死不救，不能真正伸出援手的人，言語雖然慷慨動聽，卻句句推拖之語，無補於「糧」與「水」的迫切。

原文重現

莊周家貧，故往貸粟[1]于監河侯。監河侯曰：「諾[2]。我將得邑金[3]，將貸子三百金，可乎？」莊周忿然作色曰：「周昨來，有中道而呼者。周顧視車轍中有鮒魚[4]焉。周問之曰：『鮒魚來！子何為者邪？』對曰：『我，東海之波臣也。君豈有鬥升之水而活我哉？』周曰：『諾。我且南遊吳、越之王，激西江之水而迎子，可乎？』鮒魚忿然作色曰：『吾失我常與，我無所處。吾得鬥升之水然活耳，君乃言此，曾不如早索我於枯魚之肆！』」

——《莊子．外物》

字義註釋

1. 貸粟：借貸米糧。
2. 諾：好，同意。
3. 邑金：封地所繳納的租稅。
4. 鮒魚：即鯽魚。

道不同不相為謀——柳下惠與盜跖

穿梭時空聽故事——

展季的弟弟盜跖聚集了不法之徒，在魯國各地燒殺擄掠，魯人聞之色變。公孫無人前去拜訪展季，意有所指的問：「從前，舜有個不明理的盲父和傲慢的弟弟，但是舜以孝悌對待他們，因此他能成為仁德淳厚的人，且不讓失道失德的事發生。現在還有這種情況嗎？」展季憂愁地沉思著，不發一語。

隔日，展季到弟弟的營寨走了一趟。盜跖穿著防身鎧甲，恭敬地行禮，邀請兄長進到屋內。坐下後，盜跖得意的問：「哥哥，聖人有教你聚眾的方法嗎？」

展季說：「有啊。」

盜跖表示願聞其詳。展季說：「最上等的方法是以德，其次是以政令，最下等是以錢財。仁德讓人心生感懷，歷久不變；政令久了就會失去約束力；錢財則遲早有用盡的一天。所以聖人以德懷人為主，政令為輔，錢財則是權宜的手段。若要招攬君子，就必須以德相待；要招攬小人的話，用錢財就可以了。至於那些介於君子與小人之間的人，就先用政令約法三章，然後再慢慢誘導。聖人有條有理的兼用這三種方法，所以天下的人都能在聖人身邊聚集起來。」

盜跖露出凶狠的臉色說：「我聚眾的方法可和你說的不一樣！我亮出刀子驅趕人，讓他們嚐到流血的恐怖。服從我的，我就賞賜；不服從我的，我就燒了他們屋子，殺光他們的妻子，讓他們的田地荒蕪，斷絕他們的恩愛和牽絆，使這些人不去搶劫就沒飯吃。到這種地步時，他們不跟我還能跟誰？我就是靠這個方法聚集眾人，橫行天下，絕對和聖人那種溫吞的作法不同！」

展季答不上話，只能黯然離開了。回家後，展季說：「以前我認為這世上沒有真正的壞胚子，人一定和禽獸不同。現在看來，我大概是錯了。」展季於是帶著家人遷移，隱居於柳下之地，從此改用「柳下」做為姓氏。

悅讀寓言

展季就是那位「坐懷不亂」的柳下惠。孟子對柳下惠的評價很高，說他是「聖之和者」，而與伯夷、伊尹和孔子並列為四大聖人。然而造化弄人，這樣德高望重的人竟然有盜跖這樣的弟弟。盜跖何許人也？《莊子》書中有〈盜跖篇〉，說他「從卒九千人，橫行天下」、「驅人牛馬，取人婦女，貪得忘親，不顧父母兄弟」，凡盜跖所到之處，人人都叫苦連天。所以盜跖不是普通小賊，是貨真價實的亂世大盜。

兄弟的人格落差這麼大，任誰都很有興趣拿來當話題。莊子就說了個故事：孔子和展季一向有交情，某日他對展季說：「做兄長的應該要能勸導弟弟，你讓他這樣危害天下，我替你感到羞愧。我幫你去說服他！」

展季說：「雖說如此，但弟弟不願聽

從，我也拿他沒辦法。盜跖的心性飄忽，喜怒無常，我奉勸先生千萬不要去！」

然而，滿腔教育熱誠的孔子還是去了。盜跖聽了孔子那番仁義道德的勸說後，勃然大怒，斥罵孔子滿嘴胡言、虛偽不堪。孔子回去後，悵然若失了許久，對展季說：「你是對的。我簡直跟伸手去摸虎頭、拉虎鬚的人一樣魯莽，差點就命喪虎口了。」

這正是「秀才遇到兵，有理說不清」。人有天生的材質氣性，後天的教導不保證能讓人人都成為一百分的善人；這是品德教育最大的挑戰之一。品德教有可為，有不可為；不可為時，該怎麼做才是最明智的呢？這就是世人得深思的地方了。

原文重現

柳下惠[1]之弟跖[2]盜于魯，魯國人患之。公孫無人謂展季曰：「舜父瞽瞍而弟象，舜克諧以孝，烝烝乂[3]，不格奸。有諸？」展季惻然無以應。明日而之盜跖，盜跖環甲兵[4]以自衛，揖其兄以入，還而坐，揚揚然問曰：「聖人之聚人有道乎？」展季曰：「有。」請問之，曰：「太上以德，其次以政，其下以財。德久則懷，政馳則散，財盡則離。故德者主也，致者佐也，財者使也。致君子莫如德，致小人莫如財，可以君子可以小人，則道之以政。引其善而遏其惡，聖人兼此三者而弗顛其本末，則天下之民無不聚矣。」盜跖怫然[5]曰：「我之聚人也異於是。驅之以白刃，潰之以赤血。從我者與之，其不從我者屠之，焚燒其室廬，芟翦[6]其妻孥，蕪其土田，割其恩愛，斷絕其顧念，使之不奪不食，舍我奚適。吾將以是橫行於天下，而非若長者之迂也。」展季啞然而返，曰：「始吾謂人無不肖，皆異於禽獸，緜今觀之，殆不若矣。」遂隱于柳下，而別其族曰「柳下氏」。

——明・劉基《郁離子》

字義註釋

1. 柳下惠：春秋時魯國大夫，展氏，單名獲，字為季。「柳下」為封地之名，惠為諡號。
2. 跖：柳下惠之弟，展氏，單名跖，為春秋時期著名的大盜。一名盜拓。
3. 烝烝乂：烝烝，仁德美盛的樣子。乂，ㄧˊ，才德雙全之人。
4. 環甲兵：身穿兵甲。
5. 怫然：生氣而變臉的樣子。
6. 芟翦：除去。

穿梭時空聽故事

伯樂是出了名的「慧眼能識千里馬」，後來他將自己識馬的豐富知識，寫成一本《相馬經》。

《相馬經》中有這樣的描敘：「額頭要高高隆起，眼睛要鼓而大，腳蹄要像堆疊的酒麴餅」類似這樣清楚說明良馬特徵的句子。

伯樂的兒子因為很想學會父親的本事，所以他整天拿著《相馬經》，到處去找馬。一日，他見到一只大蟾蜍，特徵似乎跟書上寫的相符，便高興對父親說：「爹！我找到一匹好馬了！牠的額頭、眼睛都像你寫的那樣，只是牠的蹄不像疊起來的酒麴餅。」

伯樂一開始很氣兒子的不成材，但轉念一想，便幽默的回答說：「兒啊！這不是匹好馬。牠太會跳了，根本無法駕馭哩！」

悅讀寓言

伯樂指認出那匹拉著鹽車的瘦馬是千里馬的典故，不知感動了歷代多少讀書人。即使寒窗十年，學富滿車，若不得伯樂賞識，一樣難以見用於世。有的古書甚至繪聲繪影的形容，寶馬只要看到伯樂走近，就會發出鳴叫聲；見他走遠了，則會垂頭喪氣。這樣的伯樂把畢生相馬絕活寫成了書，想來應該能造福了不少人和馬。但偏偏伯樂就出了這麼個寶貝兒子，竟然把大蟾蜍認成良馬，還高興得向父親報喜。伯樂跟兒子的最大差別在哪裡呢？差別在於伯樂有豐富的相馬經驗，書只是經驗的結晶；兒子卻可能沒有任何經驗，他只懂得抱著書本去認馬。因此後者便鬧出了這樣的笑話。

漢代也曾有人犯過按圖索驥的錯誤，此人正是王莽。《漢書》記載，梅福曾進言說王莽變法是「欲以三代選舉之法取當世之士，猶察伯樂之圖求騏驥於市」。三代指的是夏商周三朝，王莽是讀儒家的書長大的，他一直對上古的治世十分嚮往，於是他的新政就充滿了不切實際的崇古思維。比如，他重新規劃國土，想恢復周朝的井田制度。但他忘了，周朝的井田制度是因為人口激增，土地不夠分配給所有的成年男子，因此才崩壞的。王莽時代的人口，自然遠比周朝時來得多，要重新實施井田制度，不啻是痴人說夢。另外，土地劃分牽涉到許多權勢者的利益，因此唱反調的人沒完沒了。這項政策注定以失敗告終。

國學大師錢穆批評王莽說「完全是一種書生的政治」。意指王莽固守書本的成規，竟然想讓歷史倒退著走。元代詩人袁桷有詩句云：「按圖索驥術難靈」。想化「不靈」為「靈」，活讀書、廣應用便是了！

原文重現

伯樂《相馬經》有「隆顙[1]蛈日[2]，蹄如累麴[3]」之語。其子執《馬經》以求馬，出見大蟾蜍，謂其父曰：「得一馬，略與相同，但蹄不如累麴爾！」伯樂知其子之愚，但轉怒為笑曰：「此馬好跳，不堪禦也。」

——明・楊慎《藝林伐山》

❖字義註釋

1. 隆顙：顙，ㄙㄤˇ。額額高而飽滿。
2. 蚨日：疑應作「跌目」。眼睛鼓起的樣子。
3. 累麴：麴為釀酒用的發酵物，古人將之製成塊狀備用。累麴即堆疊起來的酒麴餅。

模仿的藝術——東施效顰

穿梭時空聽故事——

在春秋時代，越國有位美女名叫西施。西施的容貌閉月羞花，舉世無雙，但很可惜的，她患有心臟方面的疾病。經常地，西施走在路上就沒來由的一陣心疼，她以手摀住胸口，忍不住皺起眉頭，美麗的容顏憑添了幾分憂愁。

西施的鄉里住了個相貌平庸的女子，她覺得西施皺眉捧心的模樣很惹人憐愛，便依樣畫葫蘆，也皺著眉、摀著胸口，在街上走來走去。結果，富貴人家看見她，就趕快把大門關起來；窮人家看見她，就帶著妻子兒女趕快走開。這女子只知道西施皺眉很美，卻不知道其中的源由呀！

悅讀寓言——

如文所見，莊子最初並沒有說有「醜人」是東施。大概是後人閱讀時，覺得既然美人是「西施」，那對立面的醜人就非「東施」莫屬了。

「效顰」這寓言是怎麼來的呢？這就要提到莊子借顏淵和師金之口，所編造的故事。某年，周遊列國的孔子往衛國去了。

孔子的大弟子顏淵，問魯國的太師師金說：「您覺得我老師的做法如何？」

師金說：「不行，完全行不通！」顏淵問為什麼。

師金便舉了個例子。古時祭祀，人們會準備用草紮成的狗，名為芻狗。在祭祀前，芻狗被恭恭敬敬的裝在竹藍裡，用漂亮的繡花布蓋著；祭祀後，芻狗就被扔到路旁，任人踐踏或撿去當柴燒。若是有人撿了這些芻狗，又裝回竹藍中以繡花布覆蓋，還帶著它到處遊逛、一起入睡，大概做算不做惡夢，也會睡不好吧。師金說，孔子的作為，就好像撿了先聖先王用過的芻狗，帶著它周遊列國一樣。一味的效法古人，當然很難為當代的人所接受，這跟醜人效顰沒什麼兩樣。

莊子是出了名的反孔子。他喜歡率性自然，反對固執的沿用傳統來建設現代。在他看來，這無異於框限住當下的各種可能性。

不過，文中「彼知顰美，而不知顰之所以美」一句，可以很正向的這樣理解：既然要模仿，那就模仿美之所以為美的原因；祇知模仿美的形式，那是末流罷了。

上個世紀中，日本經濟起飛，日製產品席捲全世界的市場時，很多人探討過箇中原因。其中的主因之一，就是這個國家非常擅長模仿。日本從語言、食品、工業、建築到著名的東京鐵塔，都大量的模仿歐美。然而日本人不管模仿了什麼，那樣東西最後都會變成「日本的」，這是他們很厲害的地方。

以汽車為例。日本的汽車產業是從模仿美國汽車起家；他們不往開發下功夫，而是在美國汽車的基礎上不斷改良。這種「創造性模仿」的威力十分可觀，沒多久，日本的汽車產業就成了世界汽車市場的翹楚。由此可見，模仿也不全然是壞事，祇要能把握創造性模仿的原則，也能給出漂亮的成績單。

原文重現

故西施病心而顰[1]其里，其里之醜人見之而美之，歸亦捧心而顰其里。其里之富人見之，堅閉門而不出；貧人見之，挈[2]妻子而去走。彼知顰美，而不知顰之所以美。

——莊周《莊子》

字義註釋

1. 顰：皺起眉頭。
2. 挈：帶著。

愛情篇

破鏡能否重圓——覆水定難收

穿梭時空聽故事

姜太公娶了馬氏為妻，但他因為喜好讀書而整日不事生產，所以使家境貧困不堪，馬氏嫌棄他沒有出息，決心離他而去。即使姜太公一再保證日後定將有好日子過，但馬氏只是嗤之以鼻。

直到姜太公因為輔佐有功，被周天子封為齊侯之後，馬氏眼見姜太公現在的富貴榮華，便又回來求姜太公與她復合。

於是太公便取了一盆水，潑在地上，叫她取回，但這水哪裡可以收得回來？最後只能夠撿得回裡面的泥。

於是姜太公便和馬氏說：「你早已離我而去，要再復合，就像將水潑掉一樣，無法收回來了。」

悅讀寓言

故事中的姜太公本名姜尚，周朝時人，他曾在商朝當過官，因為不滿紂王的殘暴統治，棄官而走，隱居在陝西渭水河邊一個比較偏僻的地方。為了取得周文王的重用，他經常在小河邊用不掛魚餌的直鉤釣魚。姜太公整天釣魚不做事，家裡的生計自然發生了問題。

直到有一天，姜尚在渭水旁巧遇出外狩獵的周文王，兩人相談甚歡，文王極為賞識他，要他協助一統天下的大業，不過，那時姜尚已是八十歲的高齡老翁了。後來，他果然幫助文王之子武王滅了商紂，立下大功，得到齊地作為封邑。這也是春秋時齊國的起始，說姜太公是大器晚成的典範也不為過。

也許會有人對嘲笑馬氏的前倨後恭，並對姜太公的「覆水難收」之言拍手稱快，不過在漫長無望的等待中，如果缺少了對伴侶的信賴和愛重，確實難以繼續相處下去。而馬氏後來在富貴面前的低微，當然只能落得被輕慢的下場了。無論何時，對任何事物，終究得選擇所愛，愛其選擇，才不至有悔恨。

原文重現

太公望[1]初娶馬氏，讀書不事產，馬求去。太公封齊，馬求再合[2]，太公取水一盆，傾於地，令婦收水，唯得其泥；太公曰：「若能離更合，覆水定難收！」

——《拾遺記》

字義註釋

1. 太公望：原名姜尚，字子牙，後稱其姜太公。因先祖封于呂，又名呂尚。
2. 合：即復合，和好。

偉大男人背後的女人——樂羊之妻

穿梭時空聽故事

樂羊有天走在路上，不經意撿到一塊別人丟失的金子，眼見天上掉下的禮物，於是他立刻把金子拿回家給妻子。

但樂羊的妻子卻說：「我聽說有志氣的人不喝盜泉的水，廉潔方正的人不吃討來的食物，何況是撿拾別人的失物、謀求私利來玷污自己的品德呢！」樂羊聽了之後十分慚愧，於就把金子扔去野外，並遠行拜師求學去了。

一年後，樂羊又回到家中，於是妻子起身問他為什麼回來。樂羊說：「也沒有什麼特殊的事情，只是出行在外久了，心中想念家人。」

這時，妻子聽到之後，就拿起刀來快步走到織布機前：「這些絲織品都是從蠶繭中生出，又在織機上織成。一根絲一根絲地積累起來，才達到一寸長，一寸一寸地積累，才能成丈成匹。現在如果割斷這些正在織著的絲織品，那就無法成功織出布匹，白白荒廢了時光。你要積累學問，就應當以每天都學到自己不懂的東西為基本，以此成就自己的美德；如果中途就回來了，那同切斷這絲織品又有什麼不同呢？」

樂羊被他妻子的話感動了，重新回去修完了自己的學業，此間七年中，再沒有回過家。

悅讀寓言

這是關於樂羊妻子的人物小傳，樂羊在前面的篇章中也曾出現，那時他已經成為魏國的大將了，而這裡的樂羊尚未功成名就，這裡透過兩個小故事，讚揚了樂羊之妻的品德和才識。而這兩段話，無論何時都有著深遠的意義。她告誡人們：「做人就必須具備高尚的品德，做事就必須有堅韌不拔的精神。」

她不收丈夫拾來的金子，而且用「志士不飲盜泉之水，廉者不受嗟來之食」的典故說服丈夫，進一步指出因貪小利而失大節的危害，使樂羊子非常慚愧，知錯就改並遠行尋師求學。在丈夫半途而廢的時候，她又即時給了丈夫當頭棒喝。

後來，有強盜想打她的主意，劫持了婆婆。樂羊的妻子得知，拿了刀出來。

強盜說：「放下你的刀順從我，可以保全你婆婆；不順從，我就殺了你的婆婆。」沒想到她舉起刀刎頸而死。太守知道後，逮捕並處死了強盜，並賞賜了絲帛，禮葬樂羊之妻，給她「貞義」的稱號。

很多人說成功的男人背後必定有個偉大的女人，起碼對樂羊來說是成立的。

原文重現

樂羊嘗行路，得遺金，取之以歸，其妻唾之曰：「『志士不飲盜泉之水，廉者不受嗟來之食。』此金不知來歷，奈何取之，以污素行[1]乎？」樂羊感妻之言，乃拋金於野，別其妻而出，遊學於魯衛。過一年來歸，其妻方織機，問夫：「所學成否？」樂羊曰：「尚未也。」妻取刀斷其機絲。樂羊驚問其故。妻曰：「學成而後可行，猶帛成而後可服。今子學尚未成，中道而歸，何異於此機之斷乎？」樂羊感悟，復往就學，七年不返。

——《東周列國志》

字義註釋

1. 污素行：這裡是玷污自己行為的意思。

富貴榮華的手段——齊人之福

穿梭時空聽故事——

齊國有一個人，家裡有一妻一妾。丈夫每次出門，必定是吃得飽飽地，喝得醉醺醺地回家。妻子問他一道吃喝的是些什麼人，據他說來全都是些有錢有勢的人。

他妻子告訴他的妾說：「老公出門，總是酒醉肉飽地回來；問他和些什麼人一道吃喝，他說來往的全都是些有錢有勢的人，但我們卻從來沒見到什麼有錢有勢的人物到家裡面來過，所以我打算悄悄地看看他到底去些什麼地方。」

第二天早上起來，她便尾隨在丈夫的後面，走遍全城，沒有看到一個人站下來和他丈夫說話。最後跟著他走到了東郊的墓地，只見他先向祭掃墳墓的人要了些剩餘的祭品吃；後來吃不夠，又東張西望地到別處去乞討，原來這就是他酒醉肉飽的辦法。

他的妻子回到家裡，告訴他的妾說：「丈夫，應該是我們仰望而終身依靠的人，沒想到他竟然是這樣的人！」

兩人在庭院中一邊咒罵又一面哭泣著，然而丈夫還不知道，又得意洋洋地從外面回來，在他的兩個女人面前擺威風。

在君子看來，人們用來求取升官發財的方法，不使他們的妻妾引以為恥的，相當少見。

原文重現

齊人有一妻一妾而處室者，其良人出，則必饜[1]酒肉而後反。其妻問所與飲食者，則盡富貴也。其妻告其妾曰：「良人出，則必饜酒肉而後反[2]；問其與飲食者，盡富貴也，而未嘗有顯者來。吾將瞯[3]良人之所之也。」蚤起[4]，施[5]從良人之所之，國中無與立談者。卒之東郭墦閒之祭者，乞其餘；不足，又顧而之他，此其為饜足之道也。其妻歸，告其妾曰：「良人者，所仰望而終身也。今若此。」與其妾訕[6]其良人，而相泣於中庭。而良人未之知也，施施[7]從外來，驕其妻妾。由君子觀之，則人之所以求富貴利達者，其妻妾不羞也而不相泣者，幾希矣！

——《孟子．齊人之福》

字義註釋

1. 饜：吃飽喝足的意思。
2. 反：同「返」，歸來。
3. 瞯：ㄐㄧㄢˊ，窺視、偵察。
4. 蚤起：「蚤」為早的假字，即早起。
5. 施：ㄧˊ。彎曲地走著。
6. 訕：嘲諷。
7. 施施：ㄧˋ，喜悅自得的樣子。

妻子的祈禱——夫妻禱者

穿梭時空聽故事

有對衛國夫妻在神前祈禱，只見老婆祈禱說：「請讓我平平順順、無災無難，可以得到一百束布。」

丈夫說：「祈禱得太少了吧？」

做老婆的就說：「祈禱要的東西太多，若真要應驗的話，還不被你拿去買小老婆嗎？」

悅讀寓言

「悔教夫婿覓封侯」是許多故事中的結局，許多賢妻在丈夫飛黃騰達，家中經濟改善後都不得不面對兩種困境，是丈夫忙於事業漸行漸遠。另一種則是新歡的考驗，所以這則故事中的老婆所求的很簡單，平順之餘，能有餘裕即可。

畢竟，人總是不知足的多，有了錢難免想要得更多，所以不論古今，看到最後一句，都不禁會心一笑啊！

原文重現

衛人有夫妻禱者，而祝曰：「使我無故[1]，得百束布。」其夫曰：「何少也？」對曰：「益是[2]，子將以買妾。」

——《韓非子．內儲說下》

字義註釋

1. 無故：故，有意外的事情。如：「變故」、「事故」之意，無故便是沒有變故，順利之意。
2. 益是：更多的意思。

問世間情為何物——相思樹

穿梭時空聽故事——

宋康王的舍人韓憑，娶何姓女子為妻，因為何氏生得貌美，康王見此美人便將她奪去。韓憑因此心懷怨恨，於是康王把他囚禁起來，罰韓憑去築城、守邊。

後來何氏暗中送信給韓憑，故意使語句曲折隱晦，信中說：「其雨淫淫，河大水深，日出當心。」

宋康王得到這封信，把信給親信臣子看，親信臣子中沒有人能解釋信中的意思。只有大臣蘇賀回答說：「『其雨淫淫』，是說心中愁思不止；『河大水深』，是指長期兩人不得往來；『日出當心』，是內心已有自殺的志向。」果然，不久後韓憑就自殺了。

而韓憑之妻也在暗地裡腐蝕自己的衣服。當康王和何氏一起同登高臺，韓妻何氏便從臺上往下跳，宋康王的隨從想拉住她，因為衣服經不起手拉，化於碎片，於是何氏自殺身亡。

何氏在衣帶寫下遺書說：「王上希望我活下去，我卻恨不得立刻死去，希望能把我的屍骨賜給韓憑，讓我們兩人合葬一塊。」

康王聽到大怒，不理韓妻何氏的請求，他命令韓憑夫婦同里的人埋葬他們，讓他們的墳墓遙遙相望。康王說：「你們夫婦既然這麼相愛，假如能使墳墓合起來，那麼我就不再阻擋你們。」

結果沒多久，就有兩棵大梓樹分別從兩座墳墓的上頭長出來，十天左右就長得有一人抱粗。兩棵樹樹幹彎曲，互相靠近，樹根在地下交結，樹枝在上面交錯。又有鴛鴦鳥，一雌一雄，長時在樹上棲息，早晚都不離開，交頸悲鳴，淒慘的聲音感人至深。

宋國人都為這鳴叫聲而悲哀，於是稱這樹為相思樹。相思的說法，就從這兒開始。南方人說這種鴛鴦鳥就是韓憑夫婦精魂變成的。至今睢陽有韓憑城，歌謠還在流傳。

悅讀寓言

這是一個關於宋康王霸佔人妻所造成的愛情悲劇故事。作品按照時間順序敘事，比較鮮明地刻畫了宋康王的荒淫、暴虐、殘忍，以及韓憑之妻忠於愛情、寧死不屈、從容有智的形象。

後半部分，以浪漫的想像，強化、昇華了韓憑夫婦真摯的感情和他們的反抗精神，也表現了一般人的願望和對他們的同情。

古代的「殉情」、「化形」是愛情常見的故事原型之一，像〈孔雀東南飛〉的焦仲卿與劉蘭芝，梁山伯與祝英台〉都以殉情的方式傳達對於彼此堅定不渝的情感，而化形所帶來的神話色彩也賦予了這些故事一種「形軀雖然消滅、靈魂卻能超越人世的束縛，使兩人的愛情永世長存」的動人意涵。

一方面歌詠愛情的壯烈意義，亦藉由靈

魂的超脫將人世未能相守的遺憾，透過另一種形式的圓滿，作為一種心理上的補償。

原文重現

宋康王[1]舍人[2]韓憑娶妻何氏，美，康王奪之。憑怨，王囚之，論為城旦[3]。妻密遺[4]憑書，繆其辭[5]曰：「其雨淫淫，河大水深，日出當心。」既而王得其書，以示左右，左右莫解其意。臣蘇賀對曰：「其雨淫[6]，言愁且思也。河大水深，不得往來也。日出當[7]心，心有死志也。」俄而憑乃自殺。其妻乃陰腐其衣[8]，王與之登臺，妻遂自投臺，左右攬之，衣不中手[9]而死。遺書於帶曰：「王利其生，妾利其死，願以屍骨賜憑合葬。」王怒，弗聽，使里人埋之，冢相望也。王曰：「爾夫婦相愛不已，若能使冢合，則吾弗阻也。」宿昔之間，便有大梓木，生於二冢之端，旬日而大盈抱[10]，屈體相就[11]，根交於下，枝錯於上。又有鴛鴦，雌雄各一，恆棲樹上，晨夕不去，交頸悲鳴，音聲感人。宋人哀之，遂號其木曰「相思樹」。

——《搜神記》

字義註釋

1. 宋康王：名偃，戰國末年宋國國君，耽于酒色，在位四十七年。
2. 舍人：官職名。戰國時及漢初，王公大臣左右皆有舍人，類似門客。
3. 城旦：一種苦刑，受刑者白天防備敵寇，夜晚築城。
4. 遺，寄送。
5. 繆其辭：使語句的含義隱晦曲折。
6. 淫淫：久雨不止的樣子。

7. 當：正照著。

8. 陰腐其衣：暗地裡使自己的衣服腐蝕。

9. 不中手：經不住手拉，因已陰腐其衣的緣故。

10. 盈抱：超過雙臂合抱。

11. 屈體相就：指樹的枝幹彎曲相靠近。就，靠近。錯：交錯。

一個雞蛋的家當——妄心

✿穿梭時空聽故事

在市場上，有一個非常貧窮的人，平日生活是吃過早飯，不知道晚飯還有沒有。有一天偶然撿到了一個雞蛋，他非常高興地和妻子說：「我們有家產了！」

妻子問他在哪裡，這人便拿著雞蛋給她看，他說：「這就是，十年之後，我們就有完備的家當了。」

然後，他便與妻子開始盤算著：「我拿著這個雞蛋，去管鄰居借一隻雞，孵化它。等到這雞長大了，我們取一隻母雞。拿回來生蛋，一個月可以獲得十五隻雞。兩年之內，雞長大了又生小雞，可以得到三百隻雞，可以換來十個金子。然後拿金子買五頭母牛，母牛又生小牛，三年可得到二十五頭牛，母牛生的牛，又再生母牛，三年之中可以換三百個金子了。我拿著金子放債，三年之中可得五百金。拿其中的三分之二買田地和宅院，剩下的三分之一買僕人和小妾，這樣一來，我就可以和你非常清閒地過剩下的日子，難道不快樂嗎？」

結果他的妻子聽到他說要買小妾，勃然大怒，立刻用手把雞蛋打碎了，說：「不能留下禍種。」

這人非常憤怒的鞭打了妻子一頓，然後帶到衙門見官，說：「敗壞我的家產的人，就是這個惡婦，請官吏判她死罪。」

官吏問他家財在哪裡，破敗成什麼樣了。這人於是從雞蛋講起，講到買小妾為止。官吏聽完說道：「這麼多家當竟然被這婦人一拳打毀了，真是可惡，該殺啊！」於是下令烹死。

這婦人號叫著說：「我丈夫所說的都是沒有發生的事情，為什麼就要烹死我啊？」

官吏說：「你丈夫要買小妾也是沒有發生的事情，你為什麼要嫉妒呢？」

婦人說：「話雖然這樣，但是去除禍患要趁早啊！」官吏聞言後大笑，便釋放了她。

❈悅讀寓言

這個故事和伊索寓言中的「擠牛奶的女孩」，有異曲同工之妙，主角都對著完全未曾發生之事做著春秋大夢，然後隨後又被現實打醒。發生在眼前的事都未必能保證，何況是未來之事，不肯努力實踐，光是做白日夢，不僅於是無益，甚至有害。

白日夢誰都做過，未到之事就早早預先計算，甚至許多非分之想，不過這個故事後續又說，此人還打算娶一個小老婆。這下子引起了他的老婆「怫然大怒」，於是這一個雞蛋的家當就全部毀掉了。

說起來比起老公虛妄的白日夢，老婆對於小妾可能出現的憤怒，恐怕是更實際的考量了。

原文重現

一市人貧甚[1]，朝不謀夕。偶一日拾得一雞卵，喜而告其妻曰：「我有家當[2]矣。」妻問安在，持卵示之，曰：「此是。然須十年，家當乃就。」因與妻計[3]曰：「我持此卵，借鄰人伏雞[4]乳[5]之，待彼雛[6]成，就中取一雌者，歸而生卵，一月可得十五雞，兩年之內，雞又生雞，可得雞三百，堪易[7]十金。我以十金易五牸，牸[8]複生牸，三年可得二十五牛，牸所生者，又複生牸，三年可得百五十牛，堪易三百金矣。吾持此金舉責[9]，三年間，半千金可得也。就中以三之二市田宅，以三之一市僮僕，買小妻。我乃與爾優遊以終餘年，不亦快乎？」

妻聞欲買小妻，怫然大怒，以手擊卵碎之，曰：「毋留禍種！」夫怒，撻[10]其妻。乃質[11]於官，曰：「立敗我家者，此惡婦也，請誅之。」官司問：「家何在？敗何狀？」其人歷數自雞卵起，至小妻止。官司曰：「如許大家當，壞於惡婦一拳，真可誅。」命烹之。妻號[12]曰：「夫所言皆未然事，奈何見烹？」官司曰：「你夫言買妾，亦未然事，奈何見妒？」婦曰：「固然，第除[13]禍欲早耳。」官司笑而釋之。

——《雪濤小說》

字義註釋

1. 貧甚：貧困。
2. 家當：家產。
3. 計：盤算。
4. 伏雞：正在孵卵的雞。
5. 乳：孵化。
6. 雛：小雞。
7. 易：賣，交易。

8. 牸：母牛。
9. 舉責：放債，以收取利息。
10. 撻：鞭打。
11. 質：對質。
12. 號：大叫。
13. 第：只是。

完美的妻子形象——重耳之妻

✤穿梭時空聽故事——

春秋五霸之一的晉文公曾經流亡北狄，那時他還是公子重耳，流亡之時，正值北狄在討伐鄰近的咎如，北狄擄了咎如君長的女兒——叔隗、季隗。將姐姐叔隗獻給公子重耳做妻子，並幫他生了有兩個兒子，取名為伯鯈、叔劉；重耳又將妹季隗賜給家臣趙衰做妻子，亦生有一子。

重耳在北狄生活了五年後，父親晉獻公逝世，荀息當國相，驪姬立自己的兒子奚齊為國君，而後裏克殺了驪姬和奚齊，逼國相荀息自殺，同時裏克決定派人迎接重耳回國即位，重耳擔心不測便辭謝了。於是重耳的弟弟夷吾登上了君主寶座，自立為晉惠公。

登上王位後，夷吾一直對重耳心存顧慮，到晉惠公七年，晉惠公再次派人率領壯士要到北狄殺重耳。重耳知道消息後，便和趙衰等人商量說：「我逃到北狄，並不是因為想靠北狄的力量回國執政，這是個小國，沒有力量辦成這樣大的事情；不過是因為北狄靠晉國很近，所以暫且在此歇歇腳。要有所作為，還是應該去大國。當今齊桓公有善名，志在稱霸，收恤諸侯，如今聽說他的賢臣管仲，隰朋已死，他肯定希望能有賢才輔佐他，不如去齊國看看。」

大家都贊成。於是重耳一行人決定離開北狄前往齊國。臨行時，重耳對妻子叔隗說：「你等我二十五年，我如果沒回來，你再嫁人吧！」

叔隗說：「等二十五年後，我墳上的柏樹也都長高了吧！雖然如此，我等你。」

悅讀寓言

其實故事到此，並未結束，重耳到了齊國，齊桓公又給他娶了個妻子，還給了他八十四馬。重耳對這種生活感到很滿足，但隨行的人都認為不應這樣待下去，便在桑樹下商量這件事。

剛好，妻子姜氏的女僕在桑樹上，就把聽到的話報告給她。姜氏當下就把女僕殺了，她對重耳說：「你有遠行的打算吧！偷聽到這件事的人，我已經把她殺了。」

重耳解釋著：「沒有這回事。」

姜氏卻說：「你走吧，留戀妻子、安於現狀，只會毀壞你的功名。」

但重耳仍然不肯走。姜氏便與狐偃商量，用酒把重耳灌醉，然後把他送出了齊國。

看到這裡，不得不說重耳的運氣真好，以上出現的季隗、姜氏都是理性大度的女性，願意犧牲兒女私情，成全重耳的國家大事。季隗支持重耳的計畫，不僅對重耳要前往齊國，沒有絲毫的阻擾，而且還痴心表示要等待重耳而不另嫁他人。

姜氏則在重耳似乎安於安逸生活的時候，明白重耳的大業。把重耳灌醉後將其送走。這樣的女性形象是男性心中的典範，但就結果論而言，卻似乎不是太幸福呢！

原文重現

狄伐咎如[1]，得二女：以長女妻[2]重耳，生伯鯈、叔劉；以少女妻趙衰，生盾。居狄五歲，而晉獻公卒，裏克[3]已殺奚齊、悼子，乃使人迎，欲立重耳。重耳畏殺，因固謝，不敢入。已而晉更迎其弟夷吾立之，是為惠公。惠公七年，畏重耳，乃使宦者履鞮與壯士欲殺重耳。重耳聞之，乃謀趙衰等曰：「始吾奔狄，非以為可用與，以近易通，故且休足[4]。休足久矣，固願徙之大國。夫齊桓公好善，志在霸王，收恤諸侯。今聞管仲、隰朋死，此亦欲得賢佐，盍往乎？」於是遂行。重耳謂其妻曰：「待我二十五年不來，乃嫁。」其妻笑曰：「犁二十五年，吾冢上柏大矣。雖然，妾待子。」

——《史記》

字義註釋

1. 咎如：春秋時赤狄國名（或部落名）。其地一說在今太原一帶，一說在今河南安陽一帶。
2. 妻：動詞，給重耳做妻子。
3. 裏克：春秋時期晉國將軍，晉獻公死後，他殺死驪姬和驪姬的兒子奚齊、悼子，還有擁護奚齊的荀息。本來想立公子重耳，但是他被郤芮、呂省勸說，最終擁立了公子夷吾。
4. 休足：停留，停止行進。

追求愛情的代價——琴挑文君

✤ 穿梭時空聽故事——

卓王孫有個女兒叫文君，剛守寡不久，很喜歡音樂，所以司馬相如假借與縣令關係深厚，以琴聲引出她的愛慕之情。

司馬相如到達臨邛時，不僅有車馬跟隨其後，他本人更是儀表堂堂，文靜典雅，甚為大方。聽到他到卓王孫家喝酒、彈奏琴曲，卓文君於是從門縫裡偷偷看他，雖然心中很歡喜，又怕他不瞭解自己的心情。

待宴會完畢，司馬相如馬上托人以重金賞賜文君的侍者，以此向她轉達傾慕之情。

於是，卓文君趁夜逃出家門，私奔相如，司馬相如便同卓文君急忙趕回成都。私奔的卓文君，進到司馬相如家門後，才發現空無一物，只有四面牆壁立在那裡。

卓王孫得知女兒私奔之事，非常生氣，他說：「女兒不成材，我又不忍心傷害她，不過，我也不會分給她半個錢。」那時也有人勸說卓王孫，但他始終不肯聽。

過了一段時間，文君對這樣的生活感到煩惱，她說：「長卿，只要你同我一起去臨邛，向兄弟們借貸也完全可以維持生活，何至於讓自己困苦到這個樣子！」

於是司馬相如就和卓文君回到臨邛，把自己的車馬全部賣掉後，買下一家酒店，做賣酒生意。讓文君親自在壚前斟酒招呼客人，而自己則穿起齊膝的短褲，與雇工們一起忙活，在鬧市中洗滌酒器。

卓王孫聽到這件事後，感到很丟臉，因此閉門不出。於是有些兄弟和長輩交相勸說卓王孫，說：「你有一個兒子、兩個女兒，家中所缺少的不是錢財。如今，文君已經成了司馬長卿的妻子，長卿本來也已厭倦了離家奔波的生涯，雖然貧窮，但他確實是個人才，完全可以依靠。況且他又是縣令的貴客，為什麼偏偏這樣輕視他呢！」

卓王孫不得已，只好分給文君家奴一百人，錢一百萬，以及她出嫁時的衣服被褥和各種財物。文君就同相如回到成都，買了田地房屋，成為富有的人家。

悅讀寓言

故事到了這裡，可以說是一個美好的結局，就像童話故事中，王子與公主從此過著幸福快樂的日子一般，但當司馬相如有財、有名之後，他又因才華出眾受皇帝寵幸，於是便開始宿娼納妾。

卓文君得知此事便作了《白頭吟》以詩訣別：「皚如山上雪，皎如雲間月。聞君有兩意，故來相決絕。今日鬥酒會，明旦溝水頭。躞蹀禦溝上，溝水東西流。淒淒複淒淒，嫁娶不須啼；願得一心人，白頭不相離。竹竿何嫋嫋，魚尾何。男兒重意氣，何用錢刀為！」據說司馬相如看到此詩後便回心轉意，又和卓文君繼續婚姻生活。

卓文君堅強果決的個性，在當時可算是奇女子，她敢於追求愛情，也接受現實艱困，和司馬相如從家徒四壁中，慢慢又過上了好日子。又能理智的化解婚姻危機，是充滿感性又不失聰慧的代表。

原文重現

是時卓王孫有女文君新寡，好音，故相如繆[1]與令相重，而以琴心挑之。相如之臨邛，從車騎[2]，雍容閒雅甚都[3]；及飲卓氏，弄琴，文君竊[4]從戶窺之，心悅而好之，恐不得當也。既罷，相如乃使人重賜文君侍者通殷勤。文君夜亡奔相如，相如乃與馳歸成都。家居徒四壁立。卓王孫大怒曰：「女至不材，我不忍殺，不分一錢也。」人或謂王孫，王孫終不聽。文君久之不樂，曰：「長卿第俱如臨邛，從昆弟假貸猶足為生，何至自苦如此！」相如與俱之臨邛，盡賣其車騎，買一酒舍酤酒，而令文君當鑪。相如身自著犢鼻褌[5]，與保庸[6]雜作，滌器於市中。卓王孫聞而恥之，為杜門不出。昆弟諸公更謂王孫曰：「有一男兩女，所不足者非財也。今文君已失身於司馬長卿，長卿故倦游，雖貧，其人材足依也，且又令客，獨柰何相辱如此！」卓王孫不得已，分予文君僮百人，錢百萬，及其嫁時衣被財物。文君乃與相如歸成都，買田宅，為富人。

字義註釋

1. 繆：欺騙之意。
2. 從車騎：有車馬跟從。
3. 都：美、好之意。
4. 竊：偷偷地。
5. 犢鼻褌：一種齊膝的短褲。
6. 保庸：受雇用的僕役。

吾未見好德如好色者——好色與好德

❖穿梭時空聽故事——

許允的妻子是阮衛尉的女兒，阮德如的妹妹，長相奇醜。新婚當日，夫妻行交拜禮后，許允就不再進入新房了，家人因此很是擔憂。

此時恰巧許允的客人來訪，新娘就叫婢女去看看是誰，婢女回來說：「是桓公子。」桓公子，說的就是桓範。

新娘於是說：「不必擔憂，桓範一定會勸他進來。」

果然桓範對許允說：「阮家既然將這個醜女兒嫁給你，一定是別有用意，你應當仔細觀察她。」

於是許允又回到洞房內，不過一見到新娘，馬上又要出去。新娘料想他這一出去就不會再進來，於是拉住他的衣襟不讓他走。

許允只好對她說：「婦女應具備四種美德，你有幾種？」

新娘說：「我只缺乏美貌而已。然而士人應具備許多良好品行，你有幾種？」

許允說：「我都具備。」

新娘說：「各種品行中，以德為首要；你卻愛好美色，不好德，怎麼說都具備？」

許允面露慚愧，於是從此對妻子十分敬重。

悅讀寓言

本則故事是描述許允與新婚妻子在洞房夜的一段對話，許允因為嫌她貌似無鹽，而不肯入洞房，甚至質疑她不具備四德；而她則巧妙運用許允不進洞房的真正理由，指出他好色不好德，終讓許允感到慚愧。

新娘自知其貌不揚，在許允面前不諱言自己的缺點，並嚴正表明自己除了婦容以外，其它的三德皆備。而許允在被妻子指出他好色不好德的缺點後，也能坦然認錯，誠屬不易。

其實許允的妻子在世說新語中不只出現過一次，她第二次出現，是在許允任吏部郎，因為所任用的地方官吏都是他的同鄉，魏明帝疑心他任用私人，便派人把他抓起來。來人帶走許允的時候，許允的妻子光著腳追出來，告訴許允：「明君要用道理去說服，不能求情。」

許允被抓後，家人驚慌哭泣，她卻說：「不要緊，他很快就會回來。」然後煮了小米粥等許允回來。

等到明帝審問許允用人之事，許允回答：「為國選才，一定要了解他們。臣的同鄉，是臣了解的人，陛下可以考察他們是否稱職，如果不稱職，臣願領罪。」

結果考察的結果，許允任用的同鄉都稱職，最後，明帝放了許允。而許允妻子的鎮定，也終化危機為轉機，幫助丈夫全身而退。桓範的話果真正確，這位名門之女確實才德兼備。

原文重現

許允[1]婦[2]是阮衛尉[3]女，德如[4]妹，奇醜。交禮竟[5]，允無復入理[6]，家人深以為憂。會[7]允有客至，婦令婢視之，還答曰：「是桓郎[8]。」桓郎者，桓範也。婦云：「無憂，桓必勸入。」桓果語[9]許云：「阮家既嫁醜女與卿，故當有意，卿宜察之。」許便回入內。既見婦，即欲出。婦料其此出，無復入理，便捉裾[10]停之。許因謂曰：「婦有四德，卿有其幾？」婦曰：「新婦所乏唯容爾。然士有百行，君有幾？」許云：「皆備。」婦曰：「夫百行以德為首，君好色不好德，何謂皆備？」允有慚色，遂相敬重。

——《世說新語》

字義註釋

1. 許允：字士宗，三國魏高陽（今河北省）人，官至領軍將軍。
2. 婦：妻子。
3. 阮衛尉：阮共，字伯彥，三國魏尉氏（今河南省）人，官至衛尉卿。
4. 德如：阮侃，字德如，阮共的小兒子，官至河內太守。
5. 交禮竟：新婚行交拜禮完畢。竟，完畢。
6. 無復入理：不想進洞房。理，可能。
7. 會：適逢。
8. 桓郎：即桓範。郎是古代對青年男子的稱呼。字符明，魏沛郡（今安徽北部）人，官至大司農。
9. 語：告訴。
10. 捉裾：捉，拉。裾，衣服的前襟。

相守的運氣——破鏡重圓

穿梭時空聽故事——

陳朝太子舍人徐德言的妻子，是南北朝時陳後主陳叔寶的妹妹，她被封為樂昌公主，才貌極為出色。徐德言當太子舍人的時候，正是陳朝衰敗時局混亂的時期，身在亂世又如何能保證各自的安危呢？

於是徐德言對妻子說：「以妳的才華和容貌，如果國家滅亡了，恐怕會流落到有權有勢的富豪人家中，到時我們就無法逃離分開的命運了。倘若我們緣分未斷，還能相見，應該有一個信物。」

於是徐德言將銅鏡切割成兩半，夫妻兩人各拿一半。又約定說：「將來若有那天，妳就在正月十五那一天拿鏡片在街上出售，如果我見到了，就會去找妳。」

等到陳朝滅亡了，他的妻子果然被送到了越公楊素的家裡，楊素對她非常寵愛。而徐德言一度流離失所，好不容易才來到京城。在正月十五這天他到市場上尋找，果然有一個白髮老翁模樣的僕人，正出售一片只有一半的鏡子，而且要價非常高，人們都嘲笑他。

徐德言卻將那人帶到自己住的地方，請

他吃飯，講述了鏡子的來歷，拿出自己那一半鏡子和賣的那一半鏡子合在一起，並在鏡子上題了一首詩：「鏡與人俱去，鏡歸人不歸。無復嫦娥影，空留明月輝。」意思是鏡子和人都離我而去了，如今鏡子回來了人卻沒有回來。鏡子上已映不出嫦娥的倩影，只能反射出一片月光。

樂昌公主陳氏看到鏡子上的題詩以後，傷心不已，流著眼淚難以進食。楊素知道內情後，也不禁動容，立刻派人將徐德言找來，不僅把妻子還給他，還贈送了他們許多錢財禮物。聽說這件事的人沒有不感嘆的。

離走前，楊素設了酒宴為徐德言和陳氏餞行，楊素還讓陳氏也做首詩，陳氏題詩如下：「今日何遷次，新官對舊官。笑啼俱不敢，方驗作人難。」詩中盡現命運弄人的感慨，而在一番人事滄桑後，陳氏終於和徐德言回到江南，白頭偕老。

原文重現

陳太子舍人徐德言之妻，後主叔寶之妹，封樂昌公主，才色冠絕。時陳政方亂，德言知不相保，謂其妻曰：「以君之才容，國亡必入權豪之家，斯永絕矣。儻[1]情緣未斷，猶冀相見，宜有以信[2]之。」乃破一鏡，人執其半，約曰：「他日必以正月望日[3]賣於都市，我當在，即以是日訪之。」及陳亡，其妻果入越公楊素[4]之家，寵嬖殊厚。德言流離辛苦，僅能至京，遂以正月望日訪於都市。有蒼頭[5]賣半鏡者，大高其價，人皆笑之。德言直引至其居，設食，具言其故，出半鏡以合之，仍題詩曰：「鏡與人俱去，鏡歸人不歸。無復嫦娥影，空留明月輝。」陳氏得詩，涕泣不食。素知之，愴然改容，即召德言，還其妻，仍厚遺之。聞者無不感歎。仍與德言、陳氏偕飲，令陳氏為詩，曰：「今日何遷次，新官對舊官。笑啼俱不敢，方驗作人難。」遂與德言歸江南，竟以終老。

——《本事詩．情感》

字義註釋

1. 儻：音同「倘」，如果、假若。
2. 信：憑據、信物。
3. 正月望日：陰曆正月十五，即元宵節。
4. 越公楊素：楊素，字處道，隋華陰人。個性機智狡詐，善為文，從隋高祖平定天下，封越國公，顯赫無比。
5. 蒼頭：漢時奴僕皆須以青色頭巾裹頭，故稱僕役為「蒼頭」。

權力與政治篇

貪官毒似蛇——苛政猛於虎

穿梭時空聽故事

孔子路過泰山，有個婦女在墳墓旁哭得很悲傷。孔子扶着車前的扶手聽著，派子路問她：「妳這樣哭，好像不止一次遭遇到不幸了。」

她說：「是啊！以前我公公死在老虎口中，我丈夫也是死於老虎，現在我兒子又被虎咬死了。」

孔子說：「那為什麼還不離開這兒呢？」

婦人說：「這裡雖然荒涼偏僻，卻沒有繁苛的稅收和傜役。」

孔子對弟子們說：「你們好好記住，繁苛的稅收和傜役比兇猛的老虎還可怕啊！」

悅讀寓言

柳宗元也曾懷疑「苛政猛於虎」這句話的真實性，直到他遇到一位姓蔣的捕蛇者，才改變他的認知。

原來永州有一種毒蛇，只要牠爬過的地方，草木全部枯死，咬到人，人也無藥可醫。但將牠抓來，殺死後風乾，製成藥，可以治痲瘋、毒瘡等病，於是太醫奉命收集這種蛇，說捕捉到這種蛇的人可抵免應繳交的稅賦，致使永州人爭相要去捕蛇。

這位姓蔣的捕蛇者，家中三代都是捕蛇者，他的祖父和父親都死於捕蛇這個差事，而他接續這份工作已有十二年了，好幾次都差點被蛇咬到而喪命。柳宗元看他滿臉哀戚的訴說過往，忍不住說：「既然這麼危險，要不要我去幫你向主事者說情，恢復你的稅賦，同時讓你換個差事？」

姓蔣的捕蛇者一聽，難過到哭著說：「千萬不要！先生您哀憐我，以為我做這種差事很不幸，但這還比不上恢復我的稅賦來得痛苦啊！我們鄉裡凡是要繳稅的，沒有一個不是將農地的作物全部繳納，竭盡家中所有收入，但生活只是更困苦，以至於現在不是離鄉背井，就是累倒病死，村裡剩不到一半的人。我能靠捕蛇倖存，就算現在被蛇咬死，也比大部份人幸運多了。」

所以「苛政猛於虎」一點也不假，「苛政」也毒於蛇呀！

原文重現

孔子過泰山側，有婦人哭於墓而哀。夫子式[1]而聽之，使子路[2]問之，曰：「子之哭也，一[3]似重有憂者。」而曰：「然。昔者吾舅[4]死於虎，吾夫又死焉，今吾子又死焉。」夫子曰：「何為不去也？」曰：「無苛[5]政。」夫子曰：「小子[6]識[7]之，苛政猛於虎也。」

——《禮記．檀弓下》

字義註釋

1. 式：同「軾」，車前的橫木，供乘車時手扶用。

2. 子路：孔子的弟子，名仲由，字子路。

3. 一：的確，確實。

4. 舅：丈夫的父親。

5. 苛：苛刻，暴虐。

6. 小子：長輩對晚輩的稱呼。

7. 識：同「誌」，記住。

漁翁終得利——鷸蚌相爭

穿梭時空聽故事

戰國時代，趙國、燕國都不是實力很強的國家，然而趙惠文王無視對趙、燕兩國虎視眈眈的強大的秦國，打算出兵攻打燕國。

為了避免一場國破家亡的戰亂，燕國的蘇代跑到趙國去求見趙惠文王，以遊說趙與燕兩相和好、共同抗秦。

蘇代對惠文王說：「大王您先別談打仗的事，我且講個故事給您聽。」

故事是這樣的：有一隻河蚌好久沒上岸了。有一天出了太陽，河岸上十分暖和，於是河蚌爬到岸上，張開蚌殼曬太陽。河蚌只覺得渾身舒服極了，它懶洋洋地打起瞌睡來。這時，一隻鷸鳥飛過來，悄悄落在河蚌的身邊，很快地用長長的尖嘴伸過去啄河蚌的肉。河蚌猛一驚醒，迅速用力把蚌殼一合，將鷸的尖嘴緊緊地夾住了。

鷸鳥對河蚌說：「我看你能在岸上待多久！如果今天不下雨，明天不下雨，你就會被乾死、曬死，到時候，這岸上就會有一隻死蚌了。」

河蚌也十分強硬地說：「我看你能餓多長時間！我今天不鬆開你的嘴，明天也不鬆開你的嘴，你就會在這裡被餓死，到時候這岸上就會有一隻死鷸了。」

牠們就這樣對抗著，誰也不肯相讓，真有要拚個同歸於盡的架勢。

這時，一位漁人走過來，十分輕易地就撿了個便宜，把蚌和鷸都捉住，滿心高興地趕回家去。

蘇代的故事剛一講完，趙惠文王幡然醒悟。他拍著自己的腦袋說：「多謝先生的啟發，如果我們小國間自相殘殺，讓秦國從中得利，那我們跟這故事裏剛愎自用的鷸和蚌又有什麼區別呢？」於是，趙王取消了攻打燕國的念頭。

悅讀寓言

其實在戰國策中，類似的故事一再上演，各國國主為了自身的利益輕啟戰事，而策士們，則為了力爭上游，到處遊說君主。

有一次，燕國發生饑荒，趙國準備乘機攻打它。楚國派一名將軍到燕國去，途經魏國時，見到了趙恢。

趙恢對楚國將軍說：「預防災禍不讓它發生，這比災禍發生後再去解救要容易得多。現在我與其送您百金，不如送您幾句話。您如果能聽我的話就去勸說趙王。過去吳國討伐齊國，是因為齊國鬧饑荒，可是沒有等到伐齊取得成功，弱小的越國就趁吳國疲憊之機打敗了吳國，而稱霸一方。現在趙國要攻打燕國，也是因為他們鬧饑荒，我看討伐燕國未必能獲勝，而且強大的秦國可能從西部出兵乘機進攻趙國。這是讓趙國處在當年吳國的不利地位，而讓現在的秦國，則處於當年越國的有利地位啊。」

楚國的使者於是就用趙恢的這番話去規勸趙王，趙王聽後非常高興，打消了攻打燕國的念頭。燕昭王聽說這件事後，就把土地封賞給這位楚國的使者。

策士巧妙的言語又再度化解了戰爭，然而，無論何時為了一己之私而發動的戰爭，都是應該被譴責的。

原文重現

趙且伐燕，蘇代為燕王謂惠王曰：「今者臣來，過易水，蚌方出曝，而鷸啄其肉，蚌合而拑[1]其喙[2]。鷸曰：『今日不雨，明日不雨，即有死蚌。』蚌亦謂鷸曰：『今日不出，明日不出，即有死鷸。』兩者不肯舍[3]，漁者得而并禽[4]之。今趙且伐燕，燕、趙久相支，以弊[5]大眾，臣恐強秦之為漁父也。故願王之熟計之也。」惠王曰：「善。」乃止。

——《戰國策》

字義註釋

1. 拑：同「箝」，夾住。
2. 喙：鳥獸尖長形的嘴。
3. 舍：同「捨」，放棄之意。
4. 禽：同「擒」，捕捉。
5. 弊：疲憊。

狗仗人勢一時狂——狐假虎威

穿梭時空聽故事

老虎四處捕捉獵物，終於讓牠抓到了一隻狐狸，沒想到狡猾的狐狸恐嚇老虎說：「哼！你不要以為自己是百獸之王，便能把我吃了。我是天帝派來管理百獸的，無論誰吃了我，將會激怒天帝，受到懲罰。如果不相信，可以跟在我後面走，看看其他動物看見我會有甚麼反應。」

老虎聽了狐狸的話後，就按牠所說的那樣做。結果一路上其他動物看到牠們，都嚇得馬上逃跑。老虎還真的以為那些動物都怕了狐狸，完全相信了狐狸的謊言。其實，狐狸只是借助老虎的威風，才嚇跑其他動物的。

悅讀寓言

這個故事也是從君臣間的對話延伸而來，戰國時，昭奚恤是楚國有名的大將，威震四方。有一次楚宣王問大臣江乙：「我聽說北方國家都很怕昭奚恤，是這樣嗎？」江乙便回答：「今天大王您有五千里的領地，有超過百萬的大軍，但統御軍隊的是昭奚恤，所以北方諸國其實怕的不是昭奚恤本人，而是您的軍隊啊！猶如野獸們怕的是老虎，而不是狐狸一樣。」

而江乙和昭奚恤的樑子還不只於此，楚宣王任命昭奚恤為令尹，江乙進言：「有個人很愛他的狗，那狗卻不老實，將尿撒至井裡。鄰居目擊，企圖告訴主人，但狗卻蹲在門口，見他來就咬。昭奚恤總是阻撓我晉見，原因在此。而且大王觀察人的方法，似乎矯枉過正、走火入魔。有人稱讚別人時，您認為對方是君子並與之接近；有人抨擊別人時，您認為對方是小人並與之疏遠。於是問題便產生了，兒子殺父親，部下殺長官，您恐怕都不知道，因為您只喜歡聽別人讚美的話，討厭聽揭發別人惡行的話。」

楚宣王終於醒悟道：「你說得對，兩種話我以後都不拒絕。」

無論大臣間的權力鬥爭如何，如同故事中的狐狸一樣，人如果只憑仗他人的勢力，把戲一旦被戳穿，非但會受到群獸的圍攻，還將被受騙的老虎吞吃。而仗勢欺人的小人，雖然能夠囂張一時，但最終都不會有好的下場。

現在人們也用「狐假虎威」來比喻依仗別人的勢力欺壓人。也諷刺了那些仗著別人威勢，招搖撞騙的人。

原文重現

虎求百獸而食之，得狐。狐曰：『子[1]無敢食我也。天帝使我長[2]百獸，今子食我，是逆天帝命也。子以我為不信，吾為子先行，子隨我後，觀百獸之見我而敢不走[3]乎？』虎以為然[4]，故[5]遂[6]與之行。獸見之皆走。虎不知獸畏己而走也，以為畏狐也。

——《戰國策・楚策》

❖字義註釋

1. 子：你。
2. 長：管理。
3. 走：跑。
4. 然：這樣。
5. 故：因此。
6. 遂：於是。

都是惡狗惹的禍？晉靈公好狗

晉靈公高興極了，便把給大夫們吃的肉食拿來餵狗，便下令對人民說：「如有誰觸犯了我的狗，就砍掉他的腳。」

於是大家都害怕狗。狗群肆無忌憚地進入市集奪取羊、豬而吃，還拖著回來，送到屠岸賈的家裡，屠岸賈由此獲得龐大的利益。大夫中有要說明事情的，若不順著屠岸賈的意思，狗兒們就群起咬他。大臣趙宣子要進諫，這些狗不僅阻止，還把他拒於門外，不能進入。

過了幾天，狗闖進御花園中吃了晉靈公的羊，但屠岸賈欺騙靈公說：「這是趙宣子

❖穿梭時空聽故事——

晉靈公愛狗，在曲沃專門修築了狗圈，為狗穿上繡花的衣服。而頗受晉靈公寵愛的臣子屠岸賈因為看晉靈公喜歡狗，就不停地誇讚狗來博取靈公的歡心，於是靈公更加以狗為重了。

有一天夜晚，狐狸進了絳宮，驚動了襄夫人，襄夫人非常生氣，靈公讓狗去同狐狸搏鬥，但狗卻未能獲勝。於是屠岸賈命令看山林的人把捕獲的另外一隻狐狸拿來獻給靈公說：「狗確實捕獲到了狐狸。」

的狗偷吃的。」

晉靈公因此發怒派人追殺趙宣子，後來趙穿趁輿論怒恨和指責屠岸賈，便殺了他，接著又在桃園殺了晉靈公。晉靈公的狗在國內四處逃散，國人便把它們全部捕獲並煮了。

悅讀寓言

這個故事也曾在日本上演，日本江戶時代第五代將軍德川綱吉，據說深受中國儒家思想的孝道所影響，不但讓母親介入政治，更採用母親寵愛的僧侶之言：「人之乏嗣，皆前身多殺之報也。今欲求嗣，莫若禁殺生也。且將軍生歲在戌，戌屬狗，最宜愛狗。」

為了能有孩子，德川綱吉後來頒布了生類憐憫令。最初是很正經的法令。不過法令逐漸穩定後，綱吉不但下令要建造養狗的房子，請專人保護狗及請人替狗看病，到了最後甚至是連殺死蚊子都必須被判刑，這也使得人民怨聲載道。

雖說狗是人類最忠實的朋友，「好狗」做為個人愛好，無可非議。但是，身為君王，個人愛好就並非是個人小事，如果過了頭，甚至影響到了國事，就可能禍害國家百姓乃至自身性命。

嗜好寵物，玩物喪志的晉靈公喜歡養狗而不問政事，甚至將狗的地位置於百姓之上，致使朝綱混亂、百姓遭殃，這才是真正的問題所在。

原文重現

晉靈公[1]好狗，築狗圈於曲沃，衣之繡，嬖人[2]屠岸賈因公之好也，則誇狗以悅公，公益尚狗。一夕，狐入於絳[3]宮，驚襄夫人，襄夫人怒，公使狗搏狐，弗勝。屠岸賈命虞人取他狐以獻，曰：「狗實獲狐。」公大喜，食狗以大夫之俎[4]，下令國人曰：「有犯吾狗者刖[5]之。」於是國人皆畏狗。狗入市取羊、豕以食，飽則曳以歸屠岸賈氏，屠岸賈大獲。大夫有欲言事者，不因屠岸賈，則狗群噬之。趙宣子[6]將諫，狗逆而拒諸門，弗克入。他日，狗入苑食公羊，屠岸賈欺曰：「趙盾之狗也。」公怒使殺趙盾，國人救之，宣子出奔秦。趙穿因眾怒攻屠岸賈，殺之，遂弒[7]靈公於桃園。狗散走國中，國人悉擒而烹之。

——《郁離子》

✿ 字義註釋

1. 晉靈公：春秋時晉國國君。
2. 嬖人：嬖，ㄅㄧˋ，受寵愛的人。
3. 絳：晉都，在曲沃西南。
4. 俎：古代切割肉所用的鑽板，引申為肉食。
5. 刖：斷足，古代一種酷刑。
6. 趙宣子：即趙盾。春秋時期晉國大夫，晉靈公荒淫無道，趙盾多次直諫，而後趙盾逃出晉都。
7. 弒：古代稱在下位者殺死上位的人。

以人為鏡，可以明得失——鄒忌諷齊王納諫

穿梭時空聽故事——

鄒忌身高八尺多，神采煥發而容貌俊美。一日早晨，他穿戴打扮，看著鏡子，問他的妻子：「你看我跟城北的徐公比，哪個更俊美？」

他妻子說：「您俊美得很，徐公怎麼能趕得上您呢？」

但城北的徐公可是齊國出名的美男子，鄒忌不大有自信，又去問他的妾：「我和徐公哪個更俊美？」

妾說：「徐公哪裡比得上您呢？」

第二天，有位客人來家中拜訪，鄒忌跟他坐著閒聊，他又問：「我和徐公哪個更俊美？」

客人說：「徐公比不上您。」

第二天，徐公來到鄒忌家，鄒忌細細打量他，覺得自己實在不及徐公俊美，拿起鏡子來仔細端詳，更覺得遠不如人。晚上他躺在床上細細思量，領悟到：「我的妻子說我俊美，是因為偏愛我；侍妾說我俊美，是因為畏懼我；客人說我俊美，是因為有求於我啊！」

於是鄒忌入朝參見齊威王，對他說：

「臣確實曉得自己比不上徐公俊美，可是臣的妻子偏袒臣，侍妾害怕臣，客人有求於臣，異口同聲說臣比徐公俊美。如今齊地縱橫千里，有一百二十個城邑，宮中妃嬪、左右近臣，沒有不偏私於大王的，朝中大臣沒有不畏懼大王的，齊國上下沒有不求於大王的，可見，大王實在被蒙蔽的厲害！」

齊威王於是稱讚道：「您說得對。」

而後，齊王發出詔令：「凡官民人等，能當面指責寡人過失的，受上賞；能上書勸諫寡人的，受中賞；能在大庭廣眾之下批評朝政，只要為寡人所聞，受下賞。」

詔令剛剛頒布時，大臣們都來進諫，朝堂門庭若市。過了幾個月，時不時還有諫言上奏。一年之後，人們即使想進言，也沒什麼可說的了。

燕、趙、韓、魏四國聽到這件事，都來齊國朝見。這就是通常所說的「得勝於鄰國在於自己國家的內政修明、政治正義」啊！

悅讀寓言

春秋戰國之際，當時七雄並立，各國間的兼併戰爭，新舊勢力以及民眾風起雲湧的反抗，都異常激烈。在這激烈動盪的時代，「士」作為一種最活躍的階層出現在政治舞臺上。他們以自己的才能和學識，遊說於各國之間，有的主張連橫，有的主張合縱，所以，史稱這些人為策士或縱橫家。

他們提出一定的政治主張或策略，並利用當時錯綜複雜的鬥爭形勢遊說使諸侯採納，施展著自己治國安邦的才幹。各國統治者也認識到，人心的向背，是國家政權能否鞏固的決定性因素。所以，他們爭相招攬人才，虛心納諫，爭取「士」的支持，因而善於納諫成君主是否賢明的指標。

而對於一般人而言，因為各種人際關係，我們也常常無法馬上接觸到真相。要扭轉這種報喜不報憂的唯一辦法就是廣開言路。人們出於私利或者畏懼，常常說謊、言不由衷。所以在有利益關係，或者不全然自由狀態下的語言，我們一定要明察斟酌、明辨是非。

如果我們想聽到接近事實的真實話語、想使人生、事業能夠真正健康發展，就應該廣納眾言、多聽批評、多接受監督，使得人生不受功利左右、不受外力壓制。接受言論，就像進入超市購物一樣，要有多種的選擇，多種的言論，相比較之後更有利於下任何決定，如此一來，才能夠使人生避免走入歧途。

原文重現

鄒忌[1]脩[2]八尺有餘，身體昳麗[3]。朝服衣冠窺鏡，謂其妻曰：「我孰與城北徐公[4]美？」其妻曰：「君美甚，徐公何能及公也！」城北徐公，齊國之美麗者也。忌不自信，而復問其妾曰：「吾孰與徐公美？」妾曰：「徐公何能及君也！」旦日客從外來，與坐談，問之客曰：「吾與徐公孰美？」客曰：「徐公不若君之美也！」明日，徐公來。孰視之，自以為不如；窺鏡而自視，又弗如遠甚。暮，寢而思之曰：「吾妻之美我者，私我也；妾之美我者，畏我也；客之美我者，欲有求於我也。」於是入朝見威王[5]曰：「臣誠知不如徐公美，臣之妻私[6]臣，臣之妾畏[7]臣，臣之客欲有求於臣，皆以美於徐公。今齊地方千里，百二十城，宮婦左右，莫不私王；朝廷之臣，莫不畏王；四境之內，莫不有求於王。由此觀之，王之蔽[8]甚矣！」王曰：「善。」乃下令：「群臣吏民，能面刺[9]寡人之過者，受上賞；上書諫寡人者，受中賞；能謗議[10]於市朝，聞寡人之耳者，受下賞。」令初下，群臣進諫，門庭若市。數月之後，時時而間進。期年[11]之後，雖欲言，無可進者。燕、趙、韓、魏聞之，皆朝[12]於齊。此所謂戰勝於朝廷。

——《戰國策．齊策一》

字義註釋

1. 鄒忌：戰國時齊國人。
2. 脩：通「修」，此指身材修長。
3. 昳麗：光鮮亮麗。昳，音ㄧˋ。
4. 徐公：戰國時齊國的美男子。
5. 威王：即齊威王，戰國時齊國的國君。
6. 私：偏袒。
7. 畏：畏懼、害怕。
8. 蔽：蒙蔽。
9. 面刺：當面指責別人的過失。
10. 謗議：批評。
11. 市朝：指人多的公開場所。
12. 期年：一週年。期，音ㄐㄧ。
13. 朝：朝見。

半斤八兩之諷——五十步笑百步

❖穿梭時空聽故事——

戰國時的梁惠王是個好戰的國君，他往往為了一點小事情就和他國打仗。有一次，孟子來到了梁國，就去見梁惠王，惠王問他：「我對於國家大事，總算是做到盡心盡力了。河內的收成不好，有了災荒，我就把河內的災民移到河東去，同時還把河東的糧食調濟河內；要是河東收成不好，遭了災荒，我也照樣辦理。我看鄰近各國的國君，沒有一個能夠像我這樣愛護百姓，然而鄰近的百姓不見減少，我國的百姓也不見增多，這是何故？」

孟子說：「大王，你是喜歡打仗的，就拿打仗這件事情來做個比喻吧！雙方軍隊到了戰場上，戰鼓一響，兵刃相接便有勝敗，打敗了的，免不了要丟盔棄甲，奔跑逃命。在那些逃命的士兵當中，有跑得快的，也有跑得慢的。假如有一名士兵跑得慢，只逃了五十步，看見前面另一個士兵跑得快，逃了一百步。他因此就嘲笑逃一百步的士兵『貪生怕死』，說自己膽量大，不怕敵人追擊，這樣對不對呢？」

梁惠王聽了說：「當然不對，那士兵只

不過是因為自己跑得慢，而落後五十步罷了。」

孟子接著說：「那就對了！大王既然明白這個道理，那你的問題又有什麼不明白呢？你雖然在小地方多照顧了一些老百姓，可是你喜歡打仗，一打起仗來，老百姓們便成千成萬地死亡，這和鄰國比起來，不也像『五十步笑百步』嗎？」

悅讀寓言

士兵逃了五十步和逃了一百步，雖然在距離上有區別，但在本質上是一樣的，都是逃跑。而孟子在解答這個問題時，則巧妙地利用了梁惠王好戰的個性，特意以戰爭來做為比喻，而梁惠王儘管給了百姓一點小恩小惠，但身為君主發動戰爭，壓榨百姓，在擾民這點上，其實跟別國的君主沒有本質的差別。這則孟子說的故事也告訴我們，事情要看本質，不要被表面現象所迷惑。而「五十步笑百步」這句成語就是從這則寓言中提煉出來的。

臺灣諺語也有一句「龜笑鱉無尾，鱉笑龜粗皮」，龜笑鱉沒有尾巴，鱉笑龜的皮太粗。意思是兩者都是各缺點，誰也沒有比對方強。在英語之中也有個類似的諺語「**pot calling the kettle black**」（鍋嫌壺黑），也是相同的意思。

在現今的社會中，這兩句話的使用率之高也是令人咋舌的，在報章雜誌之中，我們經常可以看到「五十止笑百步：你憑什麼罵某某某？」，而在私底下聊天時，也常常可以聽到「五十步笑百步」、「龜笑鱉無尾」之類的字眼頻頻出現。而這多是由於人們習慣於指責別人，而忘了反省自己時才會產生的後果。

就像老一輩的人常說：「當你用一指手指著別人時，有四隻手指指著自己！」我們在看別人缺點時，總是比看清自己的缺失容易，在嘲笑別人時，也得看清自己的處境，才不至於鬧笑話。若有的話，當然是要立刻「知錯必改」囉！

原文重現

梁惠王[1]曰：「寡人[2]之於國也，盡心焉耳[3]矣。河內[4]凶[5]，則移其民于河東[6]，移其粟[7]于河內。河東凶亦然。察鄰國之政，無如寡人之用心者。鄰國之民不加少，寡人之民不加多，何也？」孟子對曰：「王好戰，請以戰喻。填然鼓之，兵刃既接，棄甲曳兵而走。或百步而後止，或五十步而後止。以五十步笑百步，則何如？」曰：「不可。直[8]不百步耳，是亦走也。」曰：「王如知此，則無望民之多於鄰國也。」

——《孟子》

字義註釋

1. 梁惠王：即魏惠王，他在位時，把國都由安邑遷到大樑，故魏國又稱梁國，魏王又稱梁王。
2. 寡人：寡德之人，是古代國君對自己的謙稱。
3. 盡心焉耳矣：真是費盡心力了。
4. 河內：今河南境內黃河以北的地方。
5. 凶：穀物收成不好，荒年。
6. 河東：黃河以東的地方，在今山西西南部。
7. 粟：穀子，也泛指穀類。
8. 直：通「只」，只是。

私積之與公家為一體也——食鳧鴈以秕

穿梭時空聽故事

鄒穆公有命令：「以後餵鴨餵鵝一定要用秕子，不能用粟！」

因此，國家糧倉裡如果沒有秕子時，就用粟去和老百姓相交換，用兩石粟才換得一石秕子。官員認為這是浪費，於是向穆公請示，說：「用粟餵鵝，不用花錢，因為糧倉就能供應。現在向農民去收購秕，要兩石粟才換一石秕，再拿秕飼鵝，耗費太大了。請求仍以粟餵食。」

穆公答道：「你們真是無知！百姓們趕餵飽的牛下地耕作，頂著烈日的蒸烤除草施肥，勤勞而不偷懶，這樣辛苦難道是為了鳥獸嗎？粟子是上好的糧食，為什麼拿來餵鳥呢？你只知眼前的小利益，卻不知要做長遠打算。周人有諺說：『糧倉裡裝糧食的口袋漏了，也都是漏在糧倉裡。』這你難道沒有聽說過嗎？君主是老百姓的父母，把國家糧倉中的糧食轉存到老百姓那裡，這還是我的糧食啊！鳥吃了鄒國的秕子，就不損害鄒國的糧食。而糧食藏在公倉裡和藏在民間，對於我有什麼兩樣的呢？」

穆公的這番話傳到民間，鄒民皆知「私

積之與公家為一體也」，故更加努力耕作，以增產量。

悅讀寓言

鄒穆公和孟子是同時代人，他是當時最為時人及後人稱頌的英明君主。據《鄒縣志・國君志》載，其在位期間，「王輿不衣皮帛，禦馬不食禾菽，無淫僻之事，無驕燕之行，食不衆味，衣不雜采，自刻以廣民，親賢以定國，視民如子。」故「鄒國之治，路不拾遺，臣下順從，若手之役心。」

正因有如此廣施「仁政」的賢明之君，鄒國雖為小國，但「魯衛不敢輕，齊楚不能脅。」最讓史家稱道的一件事是以粟易民，以秕而飼雁，就是本篇的故事，內容在賈誼的《新書》和劉向的《新序》都有記載。當時全國都時興養鳧雁，開始皆以粟為飼料，所以費用極高。因此，穆公令養鳧雁必須用未成熟的穀糧而不得用米。

古時候，因公家也都飼養禽畜，如舉行祭祀，需要的貢品如全豬、全羊，都由負責飼養的機構提供。即在宮城之內，都有圈、棚。而飼料則由糧倉調撥。當時糧倉儲存多為粟米，所以飼養禽畜也多用此喂養。

鄒穆公提出改用秕喂鵝，雖比喂粟耗費較大，但是，粟米是上等糧食，農民豈肯用辛勞收獲的粟米作飼料？何況以秕換粟，是「取倉之粟移之與民」，反而得到較妥的保存，又不再糟蹋糧食。表面上看，公家支出是有些耗費，但從大的方面看，於國於民都得其利，特別是讓老百姓也懂得愛惜糧食的道理，穆公的措施應是非常英明的。

原文重現

鄒穆公有令，食梟鴈[1]者必以秕，毋敢以粟[2]。於是倉無秕[3]而求易於民，二石粟而易一石秕。吏請曰：「以秕食鴈，為無費也。今求秕於民，二石粟而易一石秕，以秕食鴈，則費甚矣，請以粟食之。」公曰：「去！非而所知也。夫百姓煦牛而耕，暴[4]背而耘，苦勤而不敢惰者，豈為鳥獸也哉？粟米，人之上食也，柰何其以養鳥也？且汝[5]知小計而不知大計[6]。周諺曰：『囊漏貯中。』而獨弗聞歟？夫君者，民之父母也。取倉之粟，移之與民，此非吾粟乎？鳥苟[6]食鄒之秕，不害鄒之粟而已。粟之在倉，與其在民，於吾何擇[8]？」鄒民聞之，皆知其私積之與公家為一體也。

——賈誼．《新書》

字義註釋

1. 梟雁：指鴨鵝。
2. 粟：泛指稻穀糧食。
3. 秕：沒有成熟的穀實。泛指穀類植物所結的果實，虛有外殼，裡面卻是中空的，稱為「秕」或「秕穀」。
4. 暴：日曬。
5. 汝：你。
6. 大計：長遠計畫。
7. 苟：假如。
8. 擇：兩樣。

知人善任的眼光——子餘造舟

穿梭時空聽故事

越王派大夫子餘監造船隻，船造成了，有一個商人要求做船長，但子餘不願用他。結果商人離開越國到了吳國，便由王孫率引薦拜見吳王，並且說越國大夫不會使用人才。

後來王孫率和他在江邊察看船隻，突然，江上颶風大作，江中的船隻亂撞，他就一邊收船一邊指著船對王孫率說：「某某船將要沉沒，某某船不會沉沒。」結果全被他說中了。王孫率更認為他有奇才，就薦舉給吳王，讓他做了船長。

越人聽到這個消息，都埋怨子餘錯失了人才。子餘說：「我並不是不瞭解他，我曾經和他在一起相處過，這個人好吹噓，並說越國的人沒有比得上他的。我聽說凡喜歡誇耀自己的人總是自以為是，向來善於阿諛奉迎；說別人不如自己的人，對別人的觀察必定精心，而對自己的省察卻愚昧不明。如今吳國重用他，將來壞他們事的必定是這個傢伙了！」

越人不相信子餘的話。不久，吳國攻打楚國，吳國派那個商人操縱大戰艦「餘皇號」，漂浮過五湖而駛出三江，在迫近扶胥口時，沉沒在那裏。越人這才佩服子餘有先見之明，並且說：「假如這個人沒有沉船而死，那麼子餘大夫將受到失去人才的誹謗，即使是有皋陶那樣賢明的法官在世，也不能使他得到公正的評判啊。」

悅讀寓言

識人要善於瞭解其本質，而不能被其表象所迷惑，以貌取人，必錯失人才，重用庸人貽誤大事。同時，這個故事也告訴我們，人才需要接受實踐的檢驗。子餘並沒有因商人的自薦而委任他為舟正，而是敏銳地認識其「好誇」而「闇於自察」的性格。果然，賈人在吳國駕船沉沒。

故事用事實證明了商人的自矜、子餘的正確。因此，判斷人才、選拔人才必試之事而能然後用之。人們選擇人材時往往也是依憑耳目所寄，被外表、言語等表面現象所左右，導致賢愚莫辨，可實踐才是選擇人才的不二準則。

原文重現

越王使其大夫子餘造舟，舟成，有賈[1]人求掌工，子餘弗用。賈人去之吳，因[2]王孫率以見吳王，且言越大夫之不能用人也。他日，王孫率與之觀於江，颶[3]作，江中之舟擾，則收指以示王孫率曰：「某且[4]覆，某不覆。」無不如其言。王孫率大奇[5]之，舉[6]於吳王，以為舟正。越人聞之，尤[7]子餘。子餘曰：「吾非不知也，吾嘗與之處矣，是好誇而謂越國之人無己若者。吾聞好誇者恒是已，以來多訣；謂人莫若已者，必精于察人而暗自察也。今吳用之，僨[8]其事者必是夫矣！」越人未之信。未幾，吳伐楚，王使操餘皇[9]，浮[10]五湖而出三江，迫[11]於扶胥之口，沒焉。越人乃服子餘之明，且曰：「使斯人弗試而死，則大夫受遺才之謗，雖咎繇[12]不能直[13]之矣。」

——《郁離子》

字義註釋

1. 賈：做生意。
2. 因：經過，通過。
3. 颶：颶風。
4. 且：將要。
5. 奇：意動，感到奇怪。
6. 舉：推薦，舉薦。
7. 尤：責備。
8. 債：敗壞。
9. 餘皇：船名。
10. 浮：行船。
11. 迫：靠近，接近。
12. 咎繇：即皋陶，舜時為掌管刑法的官。
13. 直：使……清白，申訴清白。

早知如此的感嘆——曲突徙薪

穿梭時空聽故事

有一個客人路過拜訪某家主人，他看到主人家爐灶的煙囪是直的，旁邊還堆積著柴薪，便對主人說：「您還是把煙囪改為彎的，讓柴薪遠離煙囪。不然的話，將來鐵定會發生火災。」

主人聽了之後，只是沉默，並沒有回應。結果不久後，家裡果然失火，鄰居們一同來救火，幸好最後把火撲滅了。

於是，主人殺牛置辦酒席，答謝鄰人們。火燒傷的人安排在上席，其餘的按照功勞依次排定座位，卻不邀請當初提出改煙囪建議的客人。

這時便有人對主人說：「當初如果聽了那位客人的話，您也不用破費擺設酒席，也不會有火災啊！現在評論功勞，邀請賓客，為什麼提出建議的人沒有受到答謝、恩惠，反而只有被燒傷的人卻成了上賓呢？」主人這才醒悟去邀請那位客人。

悅讀寓言

這個故事的典故可追溯至漢朝，西漢宣

帝時霍家是一個政治勢力十分龐大的家族。霍光受到皇帝的信任，把持朝政二十年，朝中權傾一時，連皇帝都要敬畏他們三分。

霍光死後，霍氏家族更是專恣驕奢。大臣徐福深恐霍氏造反，便上書宣帝，建議壓抑霍氏，以免後患。不過當時宣帝並沒有採納他的意見。後來霍氏果然因陰謀造反遭到滅族，所有鎮壓有功的人都受到獎賞，只有徐福沒有得到任何表揚。有人便替徐福打抱不平，上書給皇帝。

便用了這個故事說明如果皇上接納徐福的建議，事先壓制霍氏，那麼朝廷也就不必付出那麼大的代價。漢宣帝看了奏摺，覺得很有道理，就下令賜給徐福財帛官爵，做為獎勵。而這個故事也被濃縮成「曲突徙薪」，用來比喻事先採取措施，以防止危險發生。

原文重現

客有過[1]主人者，見竈直突，傍[2]有積薪。客謂主人曰：『曲其突，遠其積薪，不者[3]將有火患。』主人嘿然[4]不應，居無幾何，家果失火。鄉聚里中人哀而救之，火幸息[5]。於是殺牛置酒，燔髮灼爛[6]者在上行，餘各用功次坐，而反不錄[7]言曲突者。人謂主人曰：「鄉使[8]主人聽客之言，不費牛酒，終無火患。今論功而請賓，曲突徙薪亡恩澤，焦頭爛額為上客耶？」主人乃寤而請之。

——《說苑．權謀》

字義註釋

1. 過：拜訪。
2. 傍：同「旁」，旁邊。

3. 不者：如果不這樣的話。
4. 嘿然：不說話的樣子。
5. 息：同「熄」，撲滅。
6. 灼爛者：被火燒傷的人。灼，燒。
7. 而反不錄：卻不邀請。
8. 鄉使：當初如果。

揭竿而起的時分——楚人養狙

穿梭時空聽故事

楚國有飼養猴子作為生計的人，楚國人稱他為狙公。白天的時候，必定在庭院裡佈置分配猴子們的組別，命令老猴子帶牠們到山裡去，摘取草木的果實，狙公把猴群交來各種果實的十分之一供養自己。有的猴子交得不足，就以鞭子抽打牠們。猴子們都害怕這樣的痛苦，不敢違逆狙公。

一天，有隻小猴子對猴子們說：「山裡的果實，是狙公種的嗎？」

猴子們說：「不是的，果實是天生的。」

小猴說：「那麼不是狙公就不能摘取果實嗎？」

猴子們說：「不是的，都可以摘取。」

小猴又說：「然而，我們為何要被他利用和役使呢？」

話沒說完，猴子們都醒悟過來。當晚，牠們一起等待狙公睡了，破壞關住牠們的木籠，拿走牠們積存的果實，互相拉著彼此，進入山林，不再回來。狙公最後就餓死了。

郁離子說：「世上憑藉權術奴役人民卻不依正道來規範事物的人，不就像狙公嗎？

只因人民昏昧尚未覺醒，才能讓他得逞，一旦有人開啟民智，那他的權術也就沒有用了。」

悅讀寓言

這則寓言，用養猴子的人殘酷剝削猴子，而後猴子覺醒後群起反抗的故事，說明人民和政權的關係，本文以「狙」比喻人民，以「狙公」比喻在上位者。狙公控制群猴的方式可謂高壓政策，但這種方式無法讓群猴心服。故藉由小猴視破狙公的剝削而提出質疑，使眾狙覺悟，相與反抗逃跑，不再為狙公所控制。點出人民的眼睛是雪亮的，一旦人民覺悟，各種政治權術都會失靈。

統治者雖然看似龐大，但只要人民一旦覺悟，群起反抗，即使是殘酷的統治者也無法抵抗，所以只靠權術奴役百姓，而不講法度的人遲早要遭到反抗並絕跡。

在從前專制的時代。在位者常以課稅、徵繇役等方式壓迫人民。若人民不從，便以暴力、威嚇等強制手段迫其服從。在位者不以正道來規範人民，人民可能暫時被矇在鼓裡，一旦人民覺醒，便不會再任由統治者擺佈、愚弄。所以即使是人民本身也不能一味地去服從，要有自己的思想，要懂得是非，要有自己的判斷力。才能對社會和環境有正確的認知。

原文重現

楚有養狙[1]以為生者，楚人謂之狙公。旦日必部分[2]眾狙於庭，使老狙率以之山中，求草木之實，賦[3]什一以自奉，或不給，則加棰[4]焉。群狙皆畏苦之[5]，弗敢違也。一日有小狙謂眾狙曰：「山之果公所樹與？」曰：「否也，天生也。」曰：「非公不得而取與？」曰：「否也，皆得而取也。」曰：「然則吾何假於彼，而為之役乎？」言未既，眾狙皆寤[6]。其夕相與伺狙公之寢，破柵毀柙。取其積，相攜而入於林中，不復歸。狙公卒餒[7]而死。郁離子曰：「世有以術使民而無道揆[8]者，其如狙公乎？惟其昏而來覺也，一理有開之，其術窮矣。」

——《郁離子》

字義註釋

1. 狙：獼猴。
2. 部分：此處指分派。
3. 賦：徵收。
4. 棰：用鞭打。
5. 畏苦之：對生活感到很苦。
6. 樹：動詞，種植。
7. 寤：同「悟」，領悟到。
8. 餒：飢餓。
9. 道揆：道德準則。

信義方得人——賄賂失人心

❖穿梭時空聽故事

姓北郭的人家，家中不寧，老差役和年輕僕人相互爭執，直到房屋壞了，不修就要倒塌了，主人家才召集工匠商量修房的事。

工匠們來了便請求先發給點糧食，沒想到主人家說：「沒有時間給你們發糧食，你們暫且吃自己的糧食吧。」

而那些僕役們也都說家裡沒有吃的了，管事的不願替他們去稟告，反而向他們索取賄賂，他們不給，管事的就一直不向主人稟告。於是工匠們都疲憊不堪，十分怨恨主人家，便拿著斧鑿坐著不幹活。

正逢陰天，接連幾天下起大雨，走廊的柱子折斷了，兩側的小屋子已經倒塌了。眼看著就要危及到正房，這時主家才採納了他們的要求，先發放糧食，又準備了熟食贈送工匠們，並召集他們說：「你們的要求，我都可以得到滿足，絕對不會吝惜食物。」

結果，工匠們到了工地，看那房屋快要倒塌了，便都相互推諉起來。

第一個工匠說：「先前，我們餓得要死，請求給點糧食卻得不到，如今我們能吃飽了。」

第二個工匠說：「你們的飯已變味了，不能吃了。」

第三個工匠又說：「你們的房樑、檁木都爛了，我們無法修復它了。」於是就爭相離去，最後房屋因不能及時修整而倒塌了。

郁離子說：「北郭家的祖先，曾憑信義得到大家的支持，從而致富，聞名天下。可是，到了他的後代，一座房屋都保不住，相差有多遠啊！這是因為家政無人操持、治理，權力落入下屬，再加上公開索求賄賂，而大失人心，這不正是他的不幸嗎？」

悅讀寓言

北郭氏祖先以信義得人力，致富甲天下；而其後代用人不當，家政不修，賄賂公行，家室難保。治家如此，治國又何嘗不是如此呢。北郭氏的老僕總管們相互鬥爭，而不知道去專心維護家中的樑柱結構，而只知道壓迫工人的薪資，直到樑柱再也無法支撐。

在這僕役眼裡沒有比爭權奪利更重要的事情了，想要什麼？先拿錢來！大廈將傾依舊爭權不止，只顧私利不顧信義。而工人因個人經濟因素另尋出路，也不再對樑柱作維護。最後樑柱倒了，北郭氏從此也衰敗不起。

如果把北郭氏比喻為公司，工人是員工，樑柱是產品，這不是現代很多公司的寫照嗎？這則故事意在告誡人們，一個家族、一個政權的主事者如果不精明，不能選賢用能，廉潔自律，那麼就必然毀於一旦。制度不能自我完善，權力被用來謀私，必然導致房倒屋塌！

原文重現

北郭[1]氏之老卒僮僕[2]爭政，室壞不修且壓，乃召工謀之。請粟，曰：「未間，女[3]姑自食。」役人告饑，蒞事者弗白而求賄，弗與，卒不白。於是眾工皆憊恚[4]，執斧鑿而坐。會天大雨霖，步廊之柱折，兩廡[5]既圮[6]，次及於其堂，乃用其人之言，出粟具饔餼[7]以集工曰：「惟所欲而與，弗靳。」工人至，視其室不可支，則皆辭。其一曰：「向也吾饑，請粟而弗得，令吾飽矣。」其二曰：「子之饔饁[8]矣，弗可食矣。」其三曰：「子之室腐矣，吾無所用其力矣。」則相率而逝，室遂不葺[9]以圮。

——《郁離子》

字義註釋

1. 北郭：姓氏。
2. 僮僕：童僕。
3. 女：通「汝」。
4. 憊恚：疲憊，怨恨。
5. 廡：正房對面和兩側的小屋子。
6. 圮：倒塌。
7. 饔餼：饔，熟食。餼，贈送。
8. 饁：食物經久而變味。
9. 葺：修補。

莫須有的罪名——蛤蟆夜哭

穿梭時空聽故事

艾子在海上航行，夜晚時分把船停泊在某一個島嶼的港口。到了半夜，忽聽見水面下有人哭泣的聲音，又很像有人在說話，於是他就仔細傾聽。

有個聲音說：「昨天龍王下命令，要把水族中一切有尾巴的生物都斬殺。我是鼉，長著一條尾巴，所以害怕被殺而哭。你是蛤蟆，又沒有尾巴，你哭什麼哭？」

蛤蟆說：「幸好我現在是沒有尾巴，可是就怕會進一步追究起我們以前在蝌蚪時代有過尾巴的事情呀！」

悅讀寓言

傳言艾子雜說的作者是蘇軾，他自己因為詩文被一再流放，幾近於死，而他的好友也紛受株連。這個故事似乎就是在感嘆他所身處的時代，蘇軾所涉及的烏臺詩案發生於宋神宗元豐二年，那時蘇軾由徐州調往湖州，到任不到三個月，便被人控告，說他以文字毀謗君相，朝廷下令拘捕。

御史何正臣、李定、舒亶，舉出蘇軾的

杭州紀事詩做證據，李定等人摘出蘇東坡詩裡字句斷章取義，譬如「讀書萬卷不讀律，致君堯舜知無術」，指他是諷刺皇帝沒能以法律教導、監督官吏；「東海若知明主意，應教斥鹵變桑田」，說他指責興修水利的措施不對；「豈是聞韶忘解味，邇來三月食無鹽。」說他是諷刺禁止人民賣鹽。糾彈他侮辱朝廷，譏嘲國家大事，請皇上下令治罪。不久蘇軾被捕入獄，這就是有名的「烏臺詩案」。

政治的文字獄往往只憑當政的心證，所以故事雖然只說要殺有尾巴的，但是連幼時曾有過尾巴，現在已經去尾轉化的，竟然因憂懼於曾有過尾巴將遭到誅殺而哭泣。即使在現代，雖然是民主社會了，但以言論想挑某個人的差錯，也總可以找到理由，而這樣的行為，只會帶來人心惶惶和民不聊生。

原文重現

艾子浮[1]於海，夜泊島峙，中夜聞水下有人哭聲，復若人言，遂聽之。其言曰：「昨日龍王有令，應水族有尾者斬。吾鼉[2]也，故懼誅[3]而哭，汝蝦蟆[4]無尾，何哭？」復聞有言曰：「吾今幸無尾，但恐更理會科斗[5]時事也。」

——《艾子雜說》

字義註釋

1. 浮：航行。
2. 鼉：ㄊㄨㄛˊ，爬蟲類動物，分布於長江下游、太湖流域一帶。皮可製鼓。或稱為「鼉龍」、「靈鼉」、「豬婆龍」、「揚子鱷」。
3. 誅：殺戮。

4. 蝦蟆：ㄏㄚˊ ˙ㄇㄚ，一種青蛙，體型類似蟾蜍而較小，常居於沼澤邊。

5. 科斗：同「蝌蚪」。

自作聰明的後果——鑿鐘而扛

穿梭時空聽故事

齊國有兩個老臣，都是幾朝的深得儒學精髓的重臣，國家政權所倚重的人，一位是宰相，另一位是副宰相，凡是國家大事都要關心和干預。

一天，齊王下令遷都，有一口寶鐘，重五千斤，估計必須有五百人的人力才可以扛得動。當時齊國人手不夠，有司無計可施，就報告副宰相，副宰相很久沒說話。

於是宰相慢慢地說了：「唉！這事副宰相怎麼不能解決啊！」於是命令有司道：「一口鐘的重量，五百人可以扛，我想將它平均鑿成五百塊，讓一個人分五百天扛。」有司欣然從命。

艾子正好遇見這事，便感歎道：「宰相高妙的籌畫，是人們都不能及的；只是等搬到了那兒，莫非還要再焊接起來不成？」

悅讀寓言

這讓人想到了另一則「截竿進城」的寓言，魯國有個人扛著根又粗又長的竹竿進城。到了城門口，他把竹竿豎起來拿，被城門卡住了，他把毛竹橫著拿，又被兩邊的城牆卡住了。他弄了半天，累得氣喘吁吁，還是進不了城。

旁邊有個老頭就笑他說：「這事兒簡單。你把竹竿鋸為兩段，不就進去了嗎？」

年輕人說：「可是竹竿鋸斷了就不能用了。」

老頭說：「那總比你卡在城外強吧！」於是賣竹竿的人就借了把鋸子，把竹竿鋸斷進城去了。

許多自以為有經驗的人，他們不善於根據實際情況，靈活地考慮一般常識範圍內的問題，結果，出了很多餿主意。和這則寓言中的宰相何其相似，也正諷刺了自作聰明，做事不得要領的當權者。

原文重現

齊有二老臣，皆累朝宿儒大老，社稷倚重。一日塚相，凡國之重事，乃關預焉。一日，齊王下令遷都。有一寶鐘，重五千斤，計人力須五百人可扛。時齊無人，有司[1]計無所出，乃白亞相。久亦無語，徐曰：「嘻，此事亞相[2]何不能了也[3]？」於是令有司曰：「一鐘之重，五百人可扛。人忽均鑿作五百段，用一人五百日扛之。」有司欣然承命。艾子適見之，乃曰：「塚宰奇畫[4]，人固不及。隻是搬到彼，莫卻費錮鏴[5]也無？」

——《艾子雜說》

字義註釋

1. 有司：官名。

2. 亞相：宰相的副職。

3. 了也：瞭解，解決。

4. 奇畫：企劃，籌畫，籌畫。

5. 錮鏴：焊補，鋦接。

好聽的話和該做的事——悅諛

穿梭時空聽故事

廣東縣令很喜歡別人奉承，每次發布一項政令或者做一樁事情，部下都須交相稱讚，縣令才會高興。縣令手下有一名差役想迎合縣令的心意，故意在旁邊對人私語說：「世上凡是做官的人，大致喜歡別人奉承，只有我的主人不是這樣，不太看重別人的讚美。」

縣令聽這名差役所講的話，便迫不及待地把他叫到自己跟前，非常高興地對他讚美不停：「哎！知道我的心思的只有你，你是一名好差役啊！」

從這天之後，這名縣令就對善於阿諛的差役愈來愈親近了。

悅讀寓言

一個喜歡人稱讚，一個喜歡稱讚他人，兩個人碰在一起，真是天生一對，兩人做作的舉措，實在讓人發笑。

差役不是當面奉承拍馬，而是「故從旁與人偶語」，有意讓別人替他傳話。他不是吹捧縣令的長處，而是把他的最大缺點，說成是最大的優點；奉承上司的手法實在令人叫絕。

而他的一番奉承吹捧，也正中縣令的下懷。禁不住樂得手舞足蹈起來，一面笑嘻嘻地誇獎：「知余心者惟汝，良吏哉！」

一個動作，一句話語，淋漓盡致地暴露了縣令可笑的內心世界。好諛包括兩種情況：一是喜歡聽別人對自己的奉承，在別人的吹捧面前自我陶醉，忘乎所以；另一種是對上司投其所好，迎合趨承。這兩種情況，這些都會對人處事產生很壞的影響。

原文重現

粵令[1]性悅諛[2]，每布一政，群下交口讚譽，令乃歡。一隸[3]欲阿[4]其意，故從旁與人偶語[5]曰：「凡居民上者，類喜人諛，惟阿主[6]不然，視人譽箴如也耳。」其令耳之，亟召吏前[7]，撫膺高蹈[8]，加賞不已，曰：「嘻，知餘心者惟汝，良吏哉！」自是昵[9]之有加。

——《應諧錄》

字義註釋

1. 粵令：廣東縣令。粵，廣東的別稱。
2. 悅諛：喜歡別人奉承。
3. 隸：衙役，差役。
4. 阿：迎合。
5. 偶語：相對私語。
6. 阿主：就是主人的意思。阿，無義。
7. 亟召吏前：迫不及待地把隸叫到自己跟前。亟，急。
8. 撫膺高蹈：形容高興得意的樣子。膺，胸；蹈，跳躍。
9. 昵：親熱。

螳螂捕蟬，黃雀在後——不顧其後之有患

穿梭時空聽故事

園中有棵樹，樹上有隻蟬，牠高居歡唱，喝著露水，卻不知道有隻螳螂正躲在牠身後打著主意。

螳螂弓著腰，舉雙臂，正準備捕蟬，卻也沒有料到黃雀正悄悄站在牠身後噙著口水。

黃雀伸長脖子去啄螳螂，卻不知道有人正站樹下，舉著彈弓在瞄準牠。

這三種小動物，都只看見眼前的利益，不顧潛伏在身後的禍患。

悅讀寓言

這個故事的開始，其實是從吳王準備討伐楚國開始，他通告左右大臣：「誰敢勸阻我，定斬不赦。」

有位年輕的侍衛想正面勸諫又不敢，於是就一大早懷揣彈丸，手執皮弓，在後園中東張西望，轉來轉去，露水沾濕了一身衣服。

就這樣過了三天。吳王發覺，感到十分奇怪，喊住他說：「過來！你為什麼自討苦吃把衣服弄得這麼濕？」

侍衛就說了這個故事，吳王聽了，明白了自己如同蟬，螳螂和黃雀，只顧小利而忽略了大禍，便停止了攻楚的計劃。

身為君王如此，平日處事也是如此，就是因為人生中許多這樣當局者迷的時刻，在不同時候閱讀寓言，才能有不同的所得。

原文重現

園中有樹，其上有蟬。蟬高居悲鳴，飲露，不知螳螂在其後也。螳螂委身曲附[1]欲取蟬，而不知黃雀在其傍也。黃雀延頸[2]欲啄螳螂，而不知彈丸在其下也。此三者皆務欲[3]得其前利[4]，而不顧其後之有患也。

——《說苑》

字義註釋

1. 委身曲附：彎曲著身體，屈著前肢。「附」同「跗」，腳背。
2. 延頸：伸長頭頸。
3. 務欲：一心想要。
4. 前利：眼前的利益。

捨本逐末的交易——買櫝還珠

穿梭時空聽故事——

楚國有一些珠寶商人，他們想把把珍珠運到鄭國去售賣。為了吸引顧客，招來生意，他們想了一個別出心裁的主意，就是特別製作盛珍珠的匣子。這些匣子全部選用上等的木蘭材料所制造，款式設計得十分美觀，匣子外面還雕上了精緻的玫瑰花紋，四邊鑲上了閃光的珠玉，周圍又加上了一撮撮美麗的翡翠；同時，還用桂椒把匣子薰得香噴噴的，真是讓人愛不釋手。

他們備妥這些美麗的匣子后，便到鄭國去，並選擇了一個熱鬧的地方，把帶來的珍珠裝在匣子里，一排排的擺在地上。很快的就圍滿了一堆人前來觀看。他們心中暗自高興，怎料聽來聽去的全是談那些匣子的樣子、裝飾等等，而放在匣子里的珍珠，卻一點也引不起人們的注意。

幾乎每個人問的都是匣子的價錢，還有有些人寧可出高價把匣子買了，而把把匣里的珍珠退還給那些珠寶商人呢！這個楚國人可說是很會推銷匣子，而不能算是懂得推銷珍珠的商人們。

悅讀寓言

這個寓言故事諷刺了那種做事不分主次、本末倒置的人。那些楚國商人本來是想以華麗的匣子來顯示珍珠的貴重，結果事與願違，別人只買他的匣子，不買他的珍珠。

而鄭國人只被匣子吸引，卻忽略了裡頭的珍貴的珍珠，「買其櫝而還其珠」同樣令人搖頭。在我們日常生活中，這種只注重形式而忽略內涵的事件，其實經常遇見。在這個包裝置上的年代，捨棄過度包裝而直視實質的內涵，也是需要修鍊的一環呢！

原文重現

楚人有賣其珠於鄭者，為木蘭之櫃，薰以桂椒，綴以珠玉，飾以玫瑰，輯以翡翠，鄭人買其櫝而還其珠，此可謂善賣櫝[1]矣，未可謂善鬻[2]珠也。

——《韓非子》

字義註釋

1. 櫝：ㄉㄨˊ，木製的盒子。
2. 鬻：ㄩˋ，賣。

國家圖書館出版品預行編目（CIP）資料

重讀經典：從寓言學習說故事的力量 / 陳沛淇作. -- 初版. -- 臺北市：商周出版：家庭傳媒城邦分公司發行, 2014.03　面；　公分. --（中文可以更好；33）
面；　公分.
譯自：

ISBN　978-986-272-547-4（平裝）

1.說故事

811.9　　103002772

中文可以更好　33

重讀經典：從寓言學習說故事的力量

作　　者／陳沛淇
責任編輯／鍾宜君
版　　權／翁靜如

行銷業務／李衍逸、黃崇華
總 編 輯／楊如玉
總 經 理／彭之琬
發 行 人／何飛鵬
法律顧問／台英國際商務法律事務所　羅明通律師
出　　版／商周出版
臺北市中山區民生東路二段141號9樓
電話：(02) 2500-7008　傳真：(02) 2500-7759
E-mail：bwp.service@cite.com.tw
發　　行　英屬蓋曼群島商家庭傳媒股份有限公司城邦分公司
臺北市中山區民生東路二段141號2樓
書虫客服專線：(02)2500-7718；(02)2500-7719
24小時傳真專線：(02)2500-1990；(02)2500-1991
服務時間：週一至週五上午09:30-12:00；下午13:30-17:00
劃撥帳號：19863813　戶名：書虫股份有限公司
E-mail：service@readingclub.com.tw
歡迎光臨城邦讀書花園　網址：www.cite.com.tw
香港發行所　城邦（香港）出版集團有限公司
香港灣仔駱克道193號東超商業中心1樓
電話：(852) 25086231　傳真：(852) 25789337
E-mail：hkcite@biznetvigator.com
馬新發行所　城邦（馬新）出版集團
Cite (M) Sdn. Bhd
41, Jalan Radin Anum, Bandar Baru Sri Petaling,
57000 Kuala Lumpur, Malaysia.
電話：(603) 90578822　傳真：(603) 90576622
E-mail：cite@cite.com.my

封面設計／黃聖文
排　　版／菩薩蠻
印　　刷／韋懋實業有限公司
總 經 銷／高見文化行銷股份有限公司
電話：(02)2668-9005
傳真：(02)2668-9790
客服專線：0800-055-365

城邦讀書花園
www.cite.com.tw

■2014年3月4日初版
■2021年2月4日初版2.8刷
ISBN 978-986-272-547-4
定價／240元

商周出版

廣　告　回　函
北區郵政管理登記證
台北廣字第000791號
郵資已付，免貼郵票

104台北市民生東路二段141號2樓

英屬蓋曼群島商家庭傳媒股份有限公司　城邦分公司

請沿虛線對摺，謝謝！

商周出版

書號： BK6033	**書名：** 重讀經典：從寓言學習說故事的力量	**編碼：**

請於此處用膠水黏貼

商周出版

讀者回函卡

謝謝您購買我們出版的書籍！請費心填寫此回函卡，我們將不定期寄上城邦集團最新的出版訊息。

姓名：＿＿＿＿＿＿＿＿

性別：□男　□女

生日：西元＿＿＿＿＿年＿＿＿＿＿月＿＿＿＿＿日

地址：＿＿＿＿＿＿＿＿

聯絡電話：＿＿＿＿＿＿＿＿　傳真：＿＿＿＿＿＿＿＿

E-mail：＿＿＿＿＿＿＿＿

職業：□1.學生 □2.軍公教 □3.服務 □4.金融 □5.製造 □6.資訊

□7.傳播 □8.自由業 □9.農漁牧 □10.家管 □11.退休

□12.其他＿＿＿＿＿＿＿＿

您從何種方式得知本書消息?

□1.書店□2.網路□3.報紙□4.雜誌□5.廣播 □6.電視 □7.親友推薦

□8.其他＿＿＿＿＿＿＿＿

您通常以何種方式購書?

□1.書店□2.網路□3.傳真訂購□4.郵局劃撥 □5.其他＿＿＿＿＿

您喜歡閱讀哪些類別的書籍?

□1.財經商業□2.自然科學 □3.歷史□4.法律□5.文學□6.休閒旅遊

□7.小說□8.人物傳記□9.生活、勵志□10.其他＿＿＿＿＿＿

對我們的建議：＿＿＿＿＿＿＿＿

請於此處用膠水黏貼